D'amour
et de sang

Illustration de couverture
Thomas Ehretsmann

Marie-Aude Murail

D'amour et de sang

BAYARD JEUNESSE

*Pour papa,
ti amo, te quiero*

© Bayard Éditions Jeunesse, 2002
© Bayard Éditions Jeunesse, 2005
3, rue Bayard, 75008 Paris
ISBN: 2-7470-1907-1
Dépôt légal: janvier 2006
Troisième édition

Loi 49-956 du 16 juillet 1949
sur les publications destinées à la jeunesse.
Reproduction, même partielle, interdite.

Le temps des esclaves

67 après Jésus Christ

Chapitre 1

« L'homme est un loup pour l'homme »

Terentius poussa un soupir, presque un gémissement, lorsque ses deux esclaves l'extirpèrent de sa litière. L'énorme masse de son ventre, brusquement remise à la verticale, l'entraîna vers le sol. Fort heureusement, un solide porteur le rattrapa avant la chute.
– Imbécile, abruti ! glapit Terentius, vexé. Je te ferai donner le fouet avant la tombée du jour !
Le Romain, ayant retrouvé son aplomb, releva son effrayant visage où la noblesse des traits disparaissait sous la croûte du maquillage. Plissant ses yeux de myope, il se mit à chercher quelqu'un dans la foule du marché aux esclaves.

— Je suis là !
— Ah ! s'exclama Terentius, soulagé.
Sans Lupus, Terentius était un homme perdu. Le jeune esclave s'était haussé sur la pointe des pieds pour être aperçu de son maître et, dans cette pose, il ressemblait à un petit Mercure gaulois, prêt à prendre son envol.
— Ici, toi ! ordonna Terentius.
Le petit dieu gaulois, blond et ondulant comme les blés, s'avança de trois pas prudents et lança à son maître, la voix moqueuse :
— Reste où tu es, Seigneur ! La poussière n'a pas encore été rabattue et tu pourrais souiller le bas de ta toge. Allons, petit !
Lupus tapa dans ses mains et un enfant, tenant un arrosoir de bois, se chargea d'humidifier le sol devant Terentius. C'était sa seule fonction et la seule tâche qu'il eût à accomplir dans une journée.
— Mais il m'éclabousse ! enragea le Romain.
Quand la colère durcissait ses traits, il faisait penser, avec ses yeux bordés de noir par le fusain, à une horrible divinité orientale. L'enfant effrayé lâcha l'arrosoir.
— Imbécile, tu vas tâter du fouet. Cinquante coups !
— Tu es trop bon, Seigneur, remarqua Lupus. Tu

devrais le crucifier. La prochaine fois, il ferait plus attention.

Les regards du maître et de l'esclave se croisèrent comme les armes de deux gladiateurs à l'entraînement.

– Tu veux t'amuser à mes dépens ? questionna Terentius, en retroussant les lèvres dans un sourire inquiétant.

Lupus allait toujours aussi loin que possible dans l'insolence mais s'arrêtait à temps, un pied levé au-dessus du précipice. De nouveau, il tapa sèchement dans ses mains et fit signe à un autre esclave de venir éventer le maître. Puis il se plaça à côté de Terentius Priscus, très légèrement en retrait. Un instant plus tard, tous deux avançaient à travers le grouillant marché aux esclaves d'Arelate[1]. Parfois, Lupus se haussait sur la pointe des pieds pour chuchoter à l'oreille de Terentius :

– Iunius Crassus, à droite.

Ou bien :

– Caïus Rufus, à gauche.

Le Romain, trop myope pour discerner ses amis dans la foule, souriait à droite, saluait à gauche.

---

1. Ancien nom d'Arles.

Il ignorait que Lupus inventait la personne une fois sur deux.
– Allons voir Crotus, ordonna le maître.
Crotus était un mango, un vendeur d'esclaves célèbre et méprisé. Du haut de son estrade, il interpellait les passants :
– Approche, noble et sévère Pacatianus, toi qui sais le prix des choses et ne paieras jamais un denier de trop...
Les gens se mirent à rire. Pacatianus était renommé pour sa féroce avarice. Loin de se fâcher, Pacatianus s'approcha du mango, en riant lui aussi. Sur l'estrade, il y avait tout un lot d'esclaves nus, enchaînés les uns aux autres. Crotus leur avait blanchi les pieds à la craie, comme on doit le faire aux esclaves. Il les avait aussi enduits de térébenthine pour les faire paraître plus gras.
– Voilà dix hommes solides comme des bœufs, reprit Crotus en cinglant l'un de sa baguette. Et voilà six femelles dont deux sont pleines et donneront du bétail facile à élever. Rien de tel pour la docilité que l'esclave qui naît à la maison ! Tu me connais, Pacatianus, je ne cache rien. Cet esclave-là (de nouveau, il cingla l'homme), cet esclave a un vice et je l'ai marqué sur l'écriteau

qu'il porte au cou. C'est un esclave fugitif. Tu vois, c'est écrit : FU-GI-TIF.
Tout le monde éclata de rire. L'esclave, une fois repris, avait été marqué au front par le fer rouge. Crotus pouvait difficilement cacher ce qu'il avouait.
– Tout le lot, Pacatianus, je te le cède, allons, je te le donne pour 60 000 sesterces !
L'avare haussa les épaules et fit mine de s'éloigner.
– Attends, attends ! s'écria le mango. Pour le même prix, je t'ajoute ces trois-ci.
De sa baguette, il désigna des vieillards qui s'efforçaient de garder les épaules et la tête droites.
– Bah, fit Lupus, encore trois jours de chaîne et ils sont morts.
Il avait parlé d'un ton amusé, si habitué à l'horreur de l'esclavage qu'il ne la voyait plus. Pacatianus dut penser comme Lupus, car il s'en alla pour de bon en marmonnant :
– 60 000 sesterces pour ces pourceaux ! Crotus devient fou.
Quant à Terentius, il avait pris un air bougon. Il avait espéré trouver quelque belle marchandise chez Crotus.
– Salut à toi, Terentius ! s'écria le mango. Tu es si frais, si gaillard ce matin, que...

– C'est bon, c'est bon, l'interrompit le Romain. Tu n'as donc rien qui vaille la peine qu'on s'arrête chez toi, aujourd'hui ?
Crotus baissa la voix :
– Je l'ai gardée pour toi. Plus blanche que le blanc de la volaille. Ses dents sont des perles de nacre.
– Par tous les dieux, il va nous réciter Homère, ricana Lupus, intrigué tout de même.
Le trafiquant de chair avait dérobé une jeune esclave aux regards de la foule, jetant un tissu sur la cage où elle était enfermée. Il en releva un pan et le soleil vint frapper d'une flèche d'or la jeune fille, presque une enfant, nue et recroquevillée sur elle-même, le front touchant les genoux. Effrayée, elle releva la tête. Le frêle échafaudage du chignon s'effondra sur ses épaules en lourdes boucles blondes. Comme elle était au bord des larmes, une moue gonflait ses lèvres, la rendant plus charmante encore.
– L'Amour s'éveillant ! s'extasia Terentius.
– Et pour seulement 100 000 sesterces, précisa le mango en laissant retomber le pan de tissu.
Lupus tira son maître par la manche. Le jeune esclave réglait toutes les affaires du riche Romain, achetant, vendant, marchandant et volant.

– D'où sort cette fille ? chuchota Lupus à l'oreille de son maître. Ne l'aurait-on pas enlevée à ses parents ? Interroge le mango. S'il prend peur, nous aurons l'esclave pour moins de 30 000 sesterces.
Terentius acquiesça et, prenant un air préoccupé, il revint vers Crotus.
– On voit parfois sur le marché, dit-il, des malheureux qui ne devraient pas s'y trouver. À qui as-tu acheté cette esclave ?
Le mango jeta un coup d'œil vers Lupus, se méfiant de lui plus que de son maître.
– Loin de moi l'idée de cacher quoi que ce soit ! s'écria-t-il. Je suis si honnête que c'est presque un défaut chez un marchand.
Mais ses pitreries ne tirèrent même pas un sourire du petit esclave qui, dressé sur la pointe des pieds, lui jeta au visage :
– Crache donc ce que tu sais, Crotus !
Le mango haussa les sourcils d'indignation. Comment le noble Terentius pouvait-il tolérer un tel langage chez un esclave ?
– Cette fille vient d'Aquae Sextiae[2]. Elle a été arrêtée, il n'y a pas vingt jours de cela, avoua le

---

2. Aujourd'hui, Aix-en-Provence.

marchand. Elle est d'une secte d'Orient. Elle et les siens adorent un dieu à tête d'âne qui a nom Christos, je crois.

Lupus chuchota à l'oreille de son maître :

– Ces christianos torturent des enfants et ils les tuent pour en boire le sang.

Le Romain fit une grimace de répulsion. Il s'approcha de la cage et souleva de nouveau le tissu. La jeune fille sanglotait. D'un mouvement à la fois fier et implorant, elle leva les yeux vers les trois hommes qui l'examinaient. Elle entendit alors le plus jeune qui marchandait :

– 15 000 sesterces, Crotus, et c'est bien payé pour une pareille débauchée.

La négociation fut dure. Mais le marchand n'avait pas la conscience tranquille. Il avait acheté la fille aux légionnaires qui devaient l'emmener en prison. Finalement, il céda la jeune esclave pour 22 000 sesterces, en gémissant qu'on ne l'avait jamais dépouillé de cette façon.

Lupus repartit, sautillant presque au côté de son maître. Crotus, furieux, le regarda disparaître dans la foule. Les femmes regardaient aussi passer le jeune esclave. Bien qu'il ne fût âgé que de trois lustres et quatre moissons[3], Lupus était une légende dans la ville d'Arelate. On racontait qu'il venait de la Gaule des brumes et que les dieux le protégeaient. Car il avait été trouvé au pied d'un chêne par des porchers qui, en s'approchant du bébé, avaient mis en fuite la louve qui l'allaitait. Terentius Priscus, alors en voyage dans le nord de la Gaule, avait entendu parler de cet enfant abandonné par ses parents et recueilli par une louve, comme le divin Romulus, fondateur de Rome. Il avait acheté le bébé aux porchers et lui avait donné ce nom de Lupus[4] – bien mérité.

---

3. Un lustre vaut cinq ans. Lupus a dix-neuf ans.
4. Loup, en latin.

Chapitre 2

Le flacon

La jeune esclave vendue par Crotus s'appelait Alba. Elle était la fille adoptive de Gracchus Plautius. Alba avait douze ans quand elle avait été recueillie dans la villa de Plautius. C'était là qu'elle avait entendu parler pour la première fois de ce dieu Christos qui était mort sur une croix. Les dieux d'Alba s'appelaient Jupiter, Neptune ou Mercure. Ils étaient beaux, menteurs, infidèles et triomphants. Elle les aimait. Pour ne pas peiner son père adoptif, elle avait ajouté son dieu aux siens. Puis les années avaient passé et ce terrible jour était arrivé. Les

légionnaires étaient entrés dans la maison et le centurion avait dit à Gracchus :
– Fais tes adieux.
Gracchus avait serré Alba dans ses bras et lui avait soufflé à l'oreille :
– Le flacon. Si tu peux, reprends-le.
Ils avaient alors été séparés et Alba s'était retrouvée sur le marché aux esclaves. Qu'était devenu Gracchus ?
Et le flacon ? Alba y repensait à présent. C'était un petit flacon de parfum en albâtre. Elle ne l'avait vu qu'une seule fois. Comme le dieu de Gracchus, il venait de Palestine. Une femme, une certaine Marie née à Magdala, l'avait apporté en Gaule. À sa mort, elle l'avait confié au père de Gracchus. Le flacon. Seuls, Gracchus et Alba savaient où il se trouvait : dans l'atrium de la villa. Un jour, Gracchus l'avait sorti de sa cachette, en soulevant les quelques carreaux de mosaïque qui dessinaient au sol la queue d'un poisson. Il y avait un esclave malade dans la maison. Le médecin avait abandonné tout espoir de le sauver. Gracchus avait dit à Alba :
– Ce parfum peut tout guérir, mais il ne doit servir qu'exceptionnellement. Regarde, il y en a bien peu... Je ne sais pas si je fais bien.

Alba se souvenait que, lorsque Gracchus avait débouché le flacon, il s'en était échappé une odeur merveilleuse. Gracchus avait donné à boire une goutte, deux gouttes du parfum à l'esclave malade. Il avait guéri dans la minute qui avait suivi.
Alba avait tout loisir de penser à son père et au flacon. Depuis qu'elle vivait dans la demeure de Terentius Priscus, elle était le plus souvent seule. Son maître l'envoyait chercher de temps en temps. Il lui disait de jouer de la cithare pour lui-même ou pour ses invités. Alba s'était d'abord effrayée de ces étrangers qui la regardaient. Mais jamais l'un d'eux ne lui adressait la parole. De même, les autres esclaves semblaient éviter sa compagnie. Alba ne fut pas longue à comprendre pourquoi tout le monde la fuyait. Un des esclaves de la maison répandait sur son compte d'horribles mensonges. Alba se mit à observer le calomniateur. Il était très jeune et il se tenait souvent sur la pointe des pieds. Il semblait assez sottement satisfait de sa beauté. Son visage était d'ailleurs si fin qu'on l'eût cru ciselé par quelque sculpteur divin. Alba le détesta d'autant plus qu'elle aurait pu l'aimer. Un matin, ils se croisèrent, elle et lui, au jardin. Le garçon esquissa un pas de côté pour laisser passer Alba.

– Il est rare que tu ne te tiennes pas caché derrière ton maître, remarqua la jeune fille d'une voix tremblante de colère et de timidité.
– Mon maître est aussi le tien, lui rappela Lupus.
Il voulut passer mais Alba l'arrêta, d'une main posée sur son bras.
– Pourquoi me tourmentes-tu ? dit-elle. Les autres prétendent que je suis magicienne et que j'ai mangé de la chair d'enfant. Je sais que c'est toi qui répands ces mensonges. Ne nie pas !
– Bien sûr, c'est moi, avoua Lupus en dégageant son bras.
– Mais pourquoi, pourquoi ?
Alba avait parlé tout bas, comme s'interrogeant elle-même sur tant de méchanceté.
– Si tu fais peur, on te laisse en paix, répondit Lupus.
La jeune fille l'interrogea du regard.
– En paix ? répéta-t-elle.
– Es-tu sotte ? Ne sais-tu pas que les jeunes esclaves comme toi finissent dans le lit des maîtres ?
Le garçon pirouetta sur lui-même, faisant claquer les pans flottants de son manteau.
– Entoure-toi d'un effrayant mystère, lui souffla-t-il à l'oreille.

Il s'éloigna de son pas dansant, puis faisant volte-face, il proclama d'une façon pompeuse :
– Je suis le fils de la louve. Personne n'ose porter la main sur moi.
La jeune fille sourit, comprenant enfin la malice du petit dieu gaulois. En drapant Alba d'un effrayant mystère, il l'avait protégée.

– Te voilà, Lupus ! Où traînais-tu ? l'accueillit le maître, mal disposé en ce début de journée.
Terentius Priscus peinait à digérer ses excès de la veille. Vautré parmi les coussins, caressant un minuscule chaton, il offrait son visage ravagé à l'esclave cosmète[1]. Celle-ci venait de lui ôter un masque de beauté fait d'orge, de miel et d'excréments de crocodile.
– Je ne traînais pas, protesta mollement Lupus. J'accourais au son de ta voix, Maître bien-aimé.
Ce faux empressement de Lupus donnait à Terentius des envies de le frapper. Mais comme il devait rester immobile, il se contenta de malaxer le chaton. La cosmète était en train d'enduire

---

1. Esclave chargée des soins du visage.

d'une bonne couche de blanc de céruse son front, son cou et ses grasses épaules.

– Tu as le teint d'un Jupiter taillé dans le marbre, le complimenta Lupus en désignant la statue du dieu qui ornait la pièce.

Terentius avait des ridicules, mais il n'était pas sot. Toutes les moqueries de Lupus l'atteignaient. Il méditait parfois de se venger du jeune esclave. Mais comment se passer de ses services ? Malin et voleur comme Mercure lui-même, le garçon avait su si bien embrouiller les affaires de son maître qu'il était le seul à pouvoir les démêler.

– Arrête de sautiller autour de moi, s'impatienta le Romain. Prends un tabouret. J'ai à te dicter.

Une autre esclave était entrée, apportant dans de petites boîtes rondes les précieux fards du maître, la pourpre de Tyr, l'ocre et le vermillon. Lupus prit ses tablettes de cire pour noter au vol les phrases que lui dicterait Terentius. Le Romain se piquait d'être écrivain et avait commencé un ouvrage sur l'esclavage intitulé : « De la nécessité de l'esclavage ».

– L'utilité des animaux domestiques et l'utilité des esclaves sont de même nature, dicta Terentius en aplatissant sous sa grosse paume la petite tête du chat. Les uns comme les autres permettent de satisfaire les besoins de notre existence.

La cosmète, après avoir mélangé les fards avec sa salive, se mit à les appliquer sur les pommettes et sur les lèvres du maître au moyen d'un tampon de tissu et d'un pinceau. Terentius dut se taire pendant que l'esclave lui peignait le visage. Puis il reprit sur le ton de la conversation :

– Autrefois, les Sumériens traînaient leurs esclaves au moyen de laisses passées dans des anneaux qu'on fixait à leur nez, comme les bovins.

– Je dois noter ? interrogea Lupus.

– Non, c'était pour ton instruction. Mais je vais pousser un peu ma comparaison entre l'esclave et le bœuf. Qu'en penses-tu ?

– Mettons que je sois un bœuf, dit Lupus, le ton conciliant. Mais j'ai vu l'autre jour au marché un singe qui avait autant de couleurs sur les fesses que tu en portes sur la face.

Il y eut un terrible bruit d'objets fracassés et un miaulement déchiré. Le maître venait de se dresser, jetant le chaton dans les airs et repoussant fards, crèmes et parfums.

Lupus pâlit, comprenant qu'il avait fait un pas de trop vers l'abîme.

— Va chercher le Thrace, ordonna Terentius à la cosmète.

C'était le Thrace qui donnait le fouet aux esclaves indociles. Lupus aurait pu obtenir son pardon en s'agenouillant devant son maître, mais une sorte de vertige le laissait paralysé et sans voix. Il se laissa emmener par le Thrace sans protester et crut seulement entendre : «cinquante». Sans doute le nombre de coups à appliquer. Pourtant, quand le fouet le cingla pour la vingt-cinquième fois, Lupus entendit :

— Assez.

Son maître le tenait quitte du reste.

La nuit qui suivit, alors que son dos le cuisait sans répit, Lupus connut la déchéance d'un petit dieu tombé de son autel. Sa mésaventure avait déjà fait le tour du domaine de Priscus. Être fils de la louve ne protège pas du fouet ! On se moquait d'autant plus de Lupus qu'il était lui-même moqueur. Alba ne se mit pas du côté des rieurs. Gracchus Plautius lui avait appris la tendresse et la pitié. Le lendemain, elle chercha le moment opportun pour se glisser auprès du jeune homme et le consoler. Croyant qu'elle

venait aussi se moquer de lui, Lupus préféra prendre les devants :
— Le fils de la louve ressemble à un chien battu, ne trouves-tu pas ?
— Tu souffres ? demanda Alba.
— Et puis ? répliqua froidement Lupus.
Mais la rage lui noircit les yeux.
— Les entailles sont profondes et ne partiront jamais. Il n'est pas de remède à cela.
Mais si ! Le parfum. Alba entrevit alors le moyen de reprendre le flacon et de se donner le beau rôle auprès du garçon.
— Comme tu le sais, Lupus, je suis de la secte de Christos et je suis un peu...
Elle hésita sur le mot à employer. Mais repensant au conseil de Lupus : « Entoure-toi d'un effrayant mystère », elle conclut :
— Je suis magicienne. Je peux soigner tes plaies et faire disparaître toute trace des coups.
Lupus regarda la jeune fille avec méfiance. Au fond, qu'y avait-il de vrai dans les bruits qui couraient sur cette secte ?
— Comment t'y prendras-tu ? questionna-t-il.
Alba se mit à lui parler de la villa de Plautius à Aquae Sextiae et du flacon d'albâtre qui se trouvait

dans l'atrium. Pour dissuader Lupus de lui voler le parfum, Alba ajouta prudemment :
— Ce parfum peut guérir ou tuer. Il faut savoir l'utiliser. Va le chercher et rapporte-le-moi.
Lupus circulait assez librement en Narbonnaise pour régler les affaires de son maître. Il lui suffisait d'obtenir une fois encore la permission de s'éloigner.
Ce matin-là, Terentius Priscus était plus irritable que jamais. Il avait l'esprit superstitieux, et il craignait d'avoir offensé les dieux en faisant fouetter le fils de la louve. Quand il entra dans son luxueux cabinet de toilette, Terentius s'aperçut que les esclaves n'avaient pas encore nettoyé les bris de flacons sur le sol. Dès que Lupus n'était plus en état de diriger la maison, tout allait de travers. Le Romain eut même le désagrément de retrouver mort le chaton qu'il caressait la veille. En le retournant du bout des doigts, Terentius vit que l'animal avait du blanc de céruse sur le museau. Le chat s'était-il empoisonné en confondant le fard avec la crème du lait ? Ou était-il mort de sa chute ? Près du chat mort, une ombre s'allongea sur le carrelage. Lupus s'était approché silencieusement. Terentius considéra l'ombre un moment, hésitant à faire face et furieux d'hésiter.

– Me voici, Seigneur.

Comme s'il ne s'était rien passé, Lupus reprit ses tablettes de cire et, le visage contracté par la douleur, se mit à écrire.

– C'est la grande leçon de l'histoire : il n'est pas d'empire sans esclaves, dicta le Romain. Ni temples, ni pain, ni jeux ne se peuvent sans eux, car ils sont nos ouvriers, nos laboureurs, nos gladiateurs.

Quand la séance de travail fut terminée, Lupus demanda à son maître la permission de se rendre à Aquae Sextiae pour affaire. Terentius fronça les sourcils, redoutant une fugue de Lupus après ce qui venait de se passer.

– Quelle affaire ? s'informa-t-il.

Lupus lui parla d'une vente de fruits et d'un achat de grains. Mais ses explications étaient assez embrouillées.

– Je vois bien que tu veux t'en aller, dit Terentius. Je vois mal pourquoi.

Il laissa passer un temps. Tôt ou tard, un esclave qui veut fuguer le fait. Interdire ne servait à rien et autant être fixé sur les intentions de Lupus.

– Va, dit le Romain. Règle cette affaire si... importante.

Il fit peser son regard sur le jeune esclave.

– Mais prends garde, conclut-il.
Le puissant Romain était presque sûr de pouvoir rattraper Lupus s'il fuguait. Le jeune homme était connu en Narbonnaise et il était facilement identifiable. Personne ne prendrait le risque de le cacher. Ce qui contrariait à l'avance Terentius, c'était que, même s'il évitait la crucifixion à son esclave, il serait obligé, pour l'exemple, de le punir cruellement.

Lupus partit un matin de bonne heure, chevaucha toute la journée et parvint à la nuit tombante devant la villa de Gracchus. En entrant dans l'atrium, il vit un vieillard qui dormait à même le sol. C'était un esclave que les légionnaires avaient oublié – ou méprisé car dépourvu de valeur marchande. Lupus l'éveilla et le fit parler. Il apprit que Gracchus, une fois arrêté, avait refusé d'offrir un sacrifice en l'honneur des dieux romains et qu'il était mort des mauvais traitements subis dans sa prison.
Après avoir éloigné le vieil homme avec quelque argent, Lupus chercha et trouva le dessin du poisson sur la mosaïque de l'atrium. Il souleva

les petits carreaux de marbre. Le flacon d'albâtre était bien dans la cachette. La nuit étant tout à fait tombée, Lupus ne put examiner l'objet qu'une fois à la taverne. C'était une sorte d'ampoule blanche, sans anses ni socle, fermée par un bouchon de cire. Elle n'était pas totalement pleine. Était-ce une illusion, un jeu de reflets ? Il sembla à Lupus que le flacon prenait une teinte rosée quand il le plaçait juste devant la lumière de sa lampe à huile. Intrigué, il ôta le bouchon de cire et tressaillit en apercevant la couleur rouge du contenu. Au même moment, une odeur infecte s'échappa du goulot, odeur de latrines, de rouille et de sang. Lupus se dépêcha de reboucher le flacon et songea : ainsi donc, c'était vrai. Les christianos buvaient le sang, et Alba, la magicienne, s'était servie de lui pour assouvir son vice.

Lupus revit la jeune fille nue qui pleurait dans la cage. Il avait eu pour elle un mouvement de pitié peu habituel. Il avait poussé son maître à l'acheter, tout en la rendant à ses yeux plus effrayante que désirable. Lui, le petit dieu égoïste, il avait eu souci d'elle ; il l'avait protégée. Plus il la revoyait dans la cage, plus la haine lui tordait le cœur. Elle s'était bien moquée de lui ! Le fouet, les fauves, la croix, il la ferait mourir cent fois. Puis des larmes lui piquèrent les yeux. C'était lui qui mourait à petit feu. Mercure, lui-même, fut parfois amoureux.

Chapitre 3

Le cœur pour seul guide

Après le départ de Lupus, son maître se mit à compter les heures. Le jeune esclave lui était indispensable. C'était son homme d'affaires, son intendant, son secrétaire, son confident et son chien.
— Si je le perds, je perds une fortune, dit le Romain à son visiteur.
— 200 000 sesterces, évalua Crotus.
Le marchand d'esclaves était de passage chez son riche client.
— Certainement davantage, se vexa Terentius. Lupus est cultivé. Il sait le grec.

– 300 000, lâcha Crotus comme s'il s'agissait d'enchères. Tu es imprudent de ne pas lui avoir mis de collier à ton nom.

Terentius poussa un grognement. Il se sentait mal. Il avait trop mangé. Ou trop bu.

– Et tu l'as mal habitué, reprit le mango qui avait un compte à régler avec Lupus. Il fallait le fouetter régulièrement. Il aurait moins fait le fanfaron.

Terentius grogna de nouveau. Il souffrait vraiment. Son ventre était pris dans des tenailles de feu. La sueur traçait des rigoles sur ses joues crayeuses.

– En fait de loup, ton Lupus est un jeune chien, insista méchamment Crotus. Tu le laisses faire, il te mord. Si tu le bats, il te lèche.

Terentius porta soudain les mains à son ventre. Ses yeux étaient exorbités.

– J'ai mal, gémit-il. Crotus, fais venir mon médecin.

Anaxagore était à la fois esclave et médecin. Terentius l'avait payé un bon prix et avait toute confiance en lui. L'esclave médecin tâta le ventre de son maître, lui prit le pouls et parut inquiet. Sous le maquillage, le teint du Romain était d'un gris de cendre.

– Ce n'est pas un simple excès de nourriture, conclut Anaxagore après l'examen. Qu'as-tu mangé depuis hier ?
– Est-ce que je sais ? s'emporta le Romain qui s'empiffrait sans prendre garde à ce qu'il avalait.
Par crainte d'affronter son maître, Anaxagore se tourna vers Crotus :
– Il faudrait le faire vomir. Qu'on lui prépare une infusion d'hysope et, après l'avoir bue, qu'il prenne de l'eau tiède un peu salée.
Crotus grimaça en écoutant la prescription. Un long gémissement de Terentius leur fit tourner la tête.
– Mais dépêche-toi ! cria-t-il à son médecin. Ou il ne te restera plus de peau sur les os quand je t'aurai fait fouetter !
Anaxagore s'éloigna en courant. Crotus, lui, venait de trouver le moyen de se venger de Lupus. Il s'assit près de Terentius.
– Ne crois-tu pas que l'un de tes esclaves a cherché à t'empoisonner ? demanda-t-il à voix basse, en jetant autour de lui des regards de méfiance.
Le Romain se souvint du petit chat empoisonné par le blanc de céruse. Il revit l'ombre de Lupus s'allongeant sur le carrelage.

– Quel esclave ? bredouilla-t-il. Parle. Que sais-tu ?
– Je ne sais rien, protesta Crotus. Mais tu es solide, tu as bon estomac. Ce mal qui te terrasse me paraît mystérieux. Tu devrais faire fouetter ton cuisinier et ses aides. S'ils ont vu quelque chose, ils avoueront.
Égaré par la souffrance, Terentius trouva l'idée judicieuse.
– Va me chercher le Thrace, dit-il à Crotus.
Le mango alla chercher l'esclave mais fit aussi un détour par les cuisines. Il conseilla au cuisinier et à ses aides d'avouer rapidement qu'ils avaient vu Lupus tourner autour d'eux.

Entre-temps, Anaxagore était revenu avec un bol de tisane. Terentius n'en but que quelques gorgées et fut pris d'horribles vomissements. Quelques instants plus tard, la crise se calma et le Romain parut souffrir moins. Mais le Thrace avait déjà commencé son office et frappait de verges le plus jeune des marmitons. Crotus accourut vers Terentius, tout essoufflé.
– Ils ont avoué ! s'écria-t-il. C'est Lupus !
– Lupus ? Qu'a-t-il fait ?

– Avant de partir pour Aquae Sextiae, il a beaucoup rôdé dans les cuisines, alors qu'il n'y vient jamais. Et le petit Télesphore assure qu'il a jeté quelque chose dans ce vin aromatisé que tu aimes tant.
– J'en ai encore bu tout à l'heure ! s'exclama le Romain comme si c'était une preuve de plus contre Lupus. Ah, le misérable ! Et il a fui, une fois son forfait accompli.
Lupus était en train de revenir au domaine de son maître, sans se douter du piège que Crotus lui avait tendu. Il était furieux, et c'était avec Alba qu'il voulait s'expliquer. Alba, de son côté, guettait le retour du jeune homme pour le prévenir du danger qu'il courait. Comme Terentius était repris d'horribles douleurs, toute la maisonnée n'était occupée que de lui. L'arrivée de Lupus passa inaperçue de tous, excepté d'Alba. Elle alla à sa rencontre, toute frémissante d'angoisse.
– Lupus, méfie-toi ! s'écria-t-elle en se jetant presque dans ses bras.
– C'est à toi de te méfier, misérable menteuse, buveuse de sang !
Il brandit le flacon. Le visage d'Alba s'épanouit dans un grand sourire.

— Tu l'as ! Tu as réussi...
— Oui, mais je ne veux pas que tu assouvisses ton abominable soif de sang.
— Que dis-tu ? Pourquoi parles-tu toujours de sang ?

Elle semblait si étonnée que Lupus en fut troublé.
— Ignores-tu ce que contient cette ampoule ? C'est du sang, Alba, un sang du plus beau rouge !

La jeune fille sourit, soulagée.
— Tu fais erreur, Lupus, c'est le cinabre qui donne cette teinte rouge au parfum.
— Mais l'odeur, Alba ?

Lupus déboucha le flacon et le mit sous le nez de la jeune fille. Elle prit une inspiration profonde tout en fermant les yeux. L'odeur du bois de cèdre chauffant l'étuve et celle des huiles de massage l'envahirent tout entière, lui procurant un tel bien-être qu'elle en poussa un long soupir de plaisir.

Rougissante, elle ouvrit les yeux et ce fut pour cueillir au passage le regard alangui du jeune homme. Lupus s'était cru plongé dans la tiédeur parfumée des bains. Il détourna vivement la tête et reboucha maladroitement le flacon.

— Il est là ! cria une voix. C'est Lupus ! Saisissez-vous de lui !

Crotus venait d'apercevoir le jeune esclave dans le jardin et il donnait l'alerte. Le Thrace vint s'emparer de Lupus. Tandis qu'on l'emmenait, Alba, marchant à son côté, lui expliqua les soupçons qui pesaient sur lui.
– C'est lui, l'empoisonneur ! l'accusa Crotus dès que Lupus se présenta devant son maître.
Terentius put à peine soulever les paupières. Il était en train de mourir du choléra. Lupus regarda l'homme qui l'avait humilié en le comparant à un bœuf, l'homme qui l'avait fait fouetter parce qu'il avait osé répliquer. Aucun sentiment de revanche n'agita son cœur. Il s'agenouilla devant Terentius.
– Seigneur, je suis innocent.
Terentius voulut parler. Pour accuser Lupus ou pour le défendre ? Impossible de le savoir. Aucun son ne franchit ses lèvres.
– Je peux sauver le maître, dit une voix du fond de la pièce. Je suis magicienne et j'ai un remède pour son mal.
Chacun s'écarta pour laisser passer Alba. Du regard, la jeune fille interrogea le médecin qui acquiesça. Il savait qu'il n'avait plus rien à attendre de ses propres remèdes. Or si l'accusation

d'empoisonnement était maintenue, tous les esclaves seraient suppliciés et tués.

Alba ouvrit le flacon et libéra dans l'air ces parfums qui soulagent autant l'âme que le corps, l'apaisante verveine et la menthe sauvage. Alba savait qu'il ne fallait se servir du parfum qu'exceptionnellement. Aussi songea-t-elle :
— Dieu de Gracchus, si j'ai tort, arrête mon bras.
Le flacon à la main, elle resta hésitante quelques secondes. Puis elle se pencha au-dessus du Romain qui haletait de douleur et lui ouvrant de force la bouche, elle y versa une goutte, deux gouttes de parfum. Tout le monde s'était tu. Dans ce silence, Alba, mais Alba seule, entendit une voix tonner :
— Tu as bien fait.
Alba releva la tête et vit juste en face d'elle la blanche statue de Jupiter.
— Par tous les dieux, murmura Terentius, c'est toi, Anaxagore, qui m'as fait boire ce breuvage merveilleux ?
— Non, Maître, répondit le médecin. C'est Alba.
Crotus, sentant le vent tourner, se retira doucement vers la porte et se sauva.

– Alba ? s'étonna Terentius. C'est Alba qui m'a guéri ?
– Seigneur, dit la jeune fille, c'est Lupus qui a apporté le remède.
Le Romain ne souffrait plus, mais il était fatigué. Chacun se retira.
Lupus et Alba se retrouvèrent au jardin.
– Tu es vraiment magicienne, dit Lupus.
Il avait beau se mettre sur la pointe des pieds pour se faire plus grand qu'elle, il était impressionné. Alba savait bien que c'était le parfum qui avait agi et qu'elle n'y était pour rien. Mais elle n'était pas mécontente d'intimider le petit dieu moqueur.
– Ne pourrais-tu me soigner ? l'implora Lupus.
Sans attendre la réponse, il ôta sa tunique et présenta son dos zébré de marques brunes, bleues ou violettes. De nouveau, Alba déboucha le flacon et du bout des doigts cueillit une goutte, deux gouttes du parfum. Elle effleura le dos blessé du jeune homme et le parcourut du haut en bas. La peau, d'un joli blond doré, se reforma comme si Alba effaçait des signes tracés dans la cire.
Le parfum des thermes, voluptueux et délassant, les enveloppait tous les deux. Quand elle eut fini, Alba posa ses lèvres sur la nuque du petit dieu.

Le lendemain, Terentius Priscus ordonna au Thrace d'aller chercher Lupus et Alba.
– Que voulez-vous, tous les deux ? leur dit-il, le ton brusque mais bienveillant. Je vous l'accorde. Allez, demandez.
Terentius pensait que ses jeunes esclaves allaient réclamer leur liberté. Il avait déjà tout prévu pour leur affranchissement. Mais Lupus prit la main de la jeune fille et lui, le fanfaron, ne put seulement dire un mot. Le Romain contempla un moment le jeune couple qui était devant lui. Puis il baissa ses paupières fardées comme si tant de grâce lui était difficile à supporter. Les yeux fermés, il songea qu'il avait tout pouvoir sur eux.
– Ainsi, dit-il en ouvrant les yeux, j'ai sous mon toit des esclaves amoureux.
C'était ridicule, presque scandaleux. Lupus trouva les mots qui allaient le sauver :
– Maître, on attelle souvent les bœufs par deux.
Terentius daigna sourire.
– C'est bien, dit-il. Je vous donne l'un à l'autre.
Puis se forçant un peu, il ajouta :
– Et je vous affranchis.
Alba et Lupus, devenus libres, restèrent dans la maison de Terentius Priscus. Où seraient-ils allés ?

Alba n'entendit plus parler du dieu que Gracchus aimait. Mais bien des années plus tard, alors qu'elle se trouvait à Lugdunum[1], elle apprit que des « chrétiens » vivaient là. Elle se souvint qu'elle devait son bonheur à deux gouttes de parfum et qu'elle détenait quelque chose qui ne lui appartenait pas. Sans savoir pourquoi elle agissait ainsi, avec son cœur pour seul guide, Alba se rendit chez ces chrétiens, et c'est à eux qu'elle confia le flacon de parfum.
Il y resta cent ans et ne fut ouvert qu'en de rares circonstances. À chaque fois, on en préleva une goutte, deux gouttes.

Puis en l'an 177, les chrétiens de Lugdunum furent arrêtés sur ordre de l'empereur Marc-Aurèle. L'évêque Pothin succomba sous les coups des geôliers, comme Gracchus Plautius. L'esclave Blandine, après avoir été torturée, mourut dans l'arène à l'âge où Alba avait connu l'amour.
Et le flacon de parfum sembla disparaître dans le gouffre du temps.

1. Aujourd'hui, Lyon.

Le temps des Barbares
451

Chapitre 4

Petit loup

« Que me veut frère Clément ? » songea Wulfila. Il était rare que le moine fît interrompre son travail de copiste au jeune homme. Mais Wulfila était trop heureux de la récréation qui s'offrait à lui pour se poser beaucoup de questions. En traversant le jardin potager du monastère, il aperçut le frère Clément qui parlait avec une... Mais oui, c'était une jeune fille !

En s'approchant, Wulfila vit que la fille pleurait et cachait parfois son visage dans ses mains. C'était dommage parce qu'elle était jolie. Le frère

D'amour et de sang

Clément lui parlait d'un air grave et doux, de l'air qu'il prenait pour faire des remontrances à Wulfila. Quand le garçon fut tout près d'elle, la pleureuse balaya ses larmes d'un revers de la main. Puis d'un coup d'œil expert, elle inventoria le jeune homme de la tête aux pieds. C'était un magnifique athlète aux mâchoires taillées dans le silex et aux yeux allumés de bleu. La fille lui adressa un sourire de séduction auquel le garçon ne comprit rien. Mais d'instinct, il lui sourit aussi. Le frère Clément surprit l'échange entre les deux jeunes gens et il pria Wulfila d'aller l'attendre à la chapelle. Le garçon était docile. Il sourit une dernière fois à la fille et s'éloigna.

Wulfila aimait la chapelle. Dans l'ombre douce, il venait souvent prier ou somnoler. La porte s'ouvrit, laissant entrer frère Clément dans un rai de soleil. Wulfila eut idée de lui demander le nom de la fille. Mais l'air préoccupé du moine l'en dissuada. Il baissa donc la tête et cacha ses mains dans les manches de son habit d'oblat[1].

---

1. Garçon élevé au couvent mais qui n'est pas moine.

– Wulfila, dit frère Clément, j'ai à te parler sérieusement. Tu sais que le parfum s'est solidifié ?

Le garçon était au courant. D'ailleurs, la nouvelle s'était répandue parmi les chrétiens dans la ville de Mettis[2]. Le parfum miraculeux, dont les moines avaient la garde, devenait solide avant chaque grande catastrophe. Une menace pesait donc sur la ville : épidémie, incendie ou passage de Barbares. Frère Clément souleva le couvercle d'un petit coffret de vermeil et d'or et en sortit l'ampoule miraculeuse. Le parfum teinté de rouge avait pris dans le flacon la consistance d'un caillot de sang. Frère Clément regarda tour à tour la sainte relique et le jeune Wulfila. Clément était un homme lent. Il n'avait pas encore pris sa décision. Bien sûr, il aimait cet orphelin, mais il n'en avait pas très haute opinion.

– Nos vies sont en danger, Wulfila, mais ce n'est pas ce qui importe, dit le moine. Puisque notre ville est menacée, il faut en éloigner le parfum. Je t'ai fait copier l'histoire de cette sainte relique, t'en souviens-tu ?

---

2. Aujourd'hui Metz.

Wulfila étouffa un soupir. Depuis peu, il était formé au dur travail des copistes et il se sentait pousser une bosse à rester courbé sur son pupitre.
— Tu sais d'où vient ce parfum? insista frère Clément en remettant le flacon dans la châsse précieuse.
— C'est le parfum que Marie de Magdala a voulu verser sur les pieds de Jésus. Mais il lui a dit de le garder pour embaumer son corps quand il serait mort. Puis quand elle a voulu s'en servir, Jésus était ressuscité.
Wulfila avait répondu avec la voix un peu niaise de celui qui récite sans penser un instant à ce qu'il raconte.
— Frère Clément, dit-il abruptement, on dit dans l'Évangile que Marie de Magdala était une pécheresse. Mais ici, personne ne semble savoir ce qu'elle a fait de mal... Tu le sais, toi?
Le moine, qui s'était chargé de l'éducation de Wulfila, le regarda avec perplexité. Fallait-il laisser ce garçon à sa naïveté?
— La seule chose que tu dois savoir pour l'instant, Wulfila, c'est que Marie de Magdala, qui... hmmm... a vécu dans le péché, est morte comme une sainte.

Frère Clément força le ton pour ajouter :
– Écoute-moi donc ! Un danger nous menace. J'ignore lequel. Mais le plus redoutable, ce sont les Barbares.
Les Vandales coupeurs de têtes ou les géants burgondes ? Les Alamans pilleurs d'églises ou les Francs violeurs de filles ?
– Les Barbares ! répéta Wulfila en écho.
Il s'était redressé, les yeux luisants, et, d'un geste incongru, il porta la main à sa hanche comme s'il y cherchait une arme. Frère Clément prit sur l'autel la châsse de vermeil et d'or qui enfermait le parfum.
– Tu dois remettre ce coffret à Marcus Cassianius.
Wulfila eut un sursaut de joie. Si l'on prenait son temps, le domaine de Cassianius était à deux jours de marche de Mettis. Cela faisait, aller et retour, au moins quatre jours loin du pupitre et de l'encrier !
– Mais si on m'attaque en chemin, avec quoi me défendrai-je ?
La question était de bon sens. Frère Clément alla chercher une courte épée qu'on pouvait dissimuler dans les plis d'une robe. Avant de la passer sous sa cordelière, Wulfila la soupesa puis fendit l'air, un coup à droite, un coup à gauche. Un rire

bref passa entre ses dents. Le frère Clément l'avait regardé faire avec un étonnement grandissant. Bien qu'il eût été élevé avec douceur par les moines, le garçon avait gardé ses instincts guerriers.
— Ne t'attarde pas en route, lui conseilla frère Clément, et ne parle à personne. Quand tu seras chez Marcus Cassianius, dis-lui que tu viens de ma part et mets la relique en sûreté. Et prie le Seigneur quand tu seras là-bas. Les gens de cette demeure vivent dans le péché.
— Tiens ? s'étonna Wulfila. Comme Marie de Magdala ?
Frère Clément ne trouva rien à répondre. Il ouvrit grand la porte de la chapelle :
— Va. Ne t'en fais pas. C'est moi qui prierai pour toi.

Wulfila mit la besace dans son dos sous son manteau à capuche. Il préférait passer pour bossu qu'attirer l'attention sur son fardeau. La châsse précieuse pesait lourd, bien plus lourd que la miche de pain qui devait permettre au garçon de ne pas mourir de faim.
Wulfila quitta bientôt Mettis en passant devant le cimetière. Il jeta un regard de côté sur les urnes

de terre cuite des pauvres morts et sur les mausolées des riches. Wulfila n'aimait pas cet endroit. Il fit sur lui le signe de la croix et, relevant sa robe à deux mains, il se mit à courir. Délaissant la grande route trop fréquentée, il prit un chemin de traverse entre prés et bois, courant toujours, non plus par peur mais par plaisir. La courte épée battait à son côté. Les travaux dans les champs alentour du monastère l'avaient rendu endurant. Il courait encore une heure plus tard, soûlé de liberté.
Quand le souffle lui manqua, il ralentit l'allure. Mais sur la terre molle, son pas dansait encore. Soudain, il s'immobilisa. En travers de son chemin, un serpent s'était aussi immobilisé et le fixait de ses petits yeux attentifs. Doucement, Wulfila cassa une branche au noisetier voisin. L'air siffla et la badine s'abattit sur le serpent qui sauta en l'air et retomba, rompu. Un rire de jouissance s'échappa des lèvres du garçon. La mort est bonne pour celui qui la donne. Wulfila veut dire : « petit loup ». Sans le savoir, le garçon portait bien son nom. Du bout de la sandale, Wulfila rejeta le serpent dans le talus et passa son chemin.
À la tombée du jour, il sentit qu'il avait faim. Il posa la besace à côté de lui et sortit d'abord la

châsse pour dégager le pain. Tout en mordant à même la miche, il admira le merveilleux coffret où un artiste avait ciselé Marie de Magdala, cheveux épars, pleurant aux pieds de Jésus. Le souvenir lui revint de la fille qui pleurait au jardin. Wulfila s'aperçut qu'il aurait aimé savoir la raison de son chagrin. Et quel était son nom ? Il poussa un léger soupir.
Il eut soudain envie de regarder le flacon de parfum. Personne ne pouvait le lui interdire. Donc, il souleva le couvercle et, après s'être respectueusement essuyé la main droite sur sa robe, il attrapa la sainte relique. Le flacon au long col épousait parfaitement la paume de la main. Il était d'albâtre blanc et translucide. Wulfila fronça les sourcils de surprise à son contact et le mit dans le soleil couchant. Non, il ne s'était pas trompé. Le parfum était redevenu liquide, d'un rouge huileux et glougloutant quand on l'agitait. On avait déjà dû s'en servir car il n'emplissait le flacon qu'aux trois quarts de sa hauteur.
– Tu vois ce que je vois ? fit une grosse voix. Un petit moine du nom de nom de Bon Dieu !
Wulfila, qui avait oublié toute prudence dans sa contemplation, s'était laissé surprendre par deux

hommes. Ils venaient de sortir des fourrés, boueux, barbus et tailladés. C'étaient sans doute les restes d'une bande de bagaudes, deux paysans sans terre ou deux esclaves en fuite devenus voleurs et meurtriers.
— C'est de l'or, chuchota l'autre en apercevant le coffret qui scintillait aux derniers rayons du soleil.
Wulfila avait peur des morts, mais pas des vivants. Un hurlement de guerre, venu du fond de son ventre, lui traversa la gorge et passa par sa bouche grande ouverte, transformant l'enfant sage en démon grimaçant. Les deux hommes reculèrent, surpris, presque effrayés. Wulfila brandissait une épée !
— Nom de nom de...
Le bagaude n'eut pas le temps de finir son juron. Wulfila ne lui trouva pas le crâne beaucoup plus dur qu'un serpent. L'homme s'effondra d'une seule masse, le sang jaillissant de sa tête comme d'une fontaine. L'autre brigand, épouvanté, s'était déjà enfui dans le bois.
— Eh bien, fit Wulfila, malgré tout un peu ébranlé. Il essuya son épée dans l'herbe, regarda l'homme qui gisait, face au sol, dans des bouillons de sang.
— Eh bien, répéta Wulfila.

Puis il rangea gentiment le flacon de parfum dans la châsse et la châsse dans la besace. Mieux valait ne pas s'attarder si l'autre brigand revenait.

À la nuit tombée, Wulfila s'enfonça dans les prés. Quand il se jugea assez loin du chemin, il s'aplatit dans l'herbe. Il grignota un bout de pain, fit ses prières, pensa à Marie de Magdala et à la fille qui pleurait dans le jardin du monastère. Vraiment, il eût aimé savoir pourquoi. Enfin, il se signa et s'endormit. Il rêva. Il rêva qu'il débouchait le flacon de parfum et que le liquide se répandait sur ses mains jusqu'à terre, rouge, épais, chaud comme du sang.
– Frère Clément !
Dans son demi-sommeil, Wulfila venait d'appeler le moine. Il s'éveilla tout à fait, grelottant dans sa pèlerine. Il s'assit et regarda la nuit pâlissante autour de lui. Son rêve le tourmentait. Dans le flacon, le parfum s'était liquéfié comme si le danger était resté là-bas, à Mettis. Alors, Wulfila se promit de rejoindre au plus tôt celui qui était son ciel et sa terre, ce frère Clément qui était tout à la fois son père et sa mère.

Chapitre 5

Quelque chose

En cette semaine sainte de l'an 451, frère Clément pensait à Jésus mort sur la croix. Mais sa méditation s'égarait parfois du côté de Wulfila. Était-il arrivé sain et sauf chez Cassianius ? Un remords entravait la prière du moine. N'avait-il pas risqué la vie de Wulfila pour sauver la relique ?
— Tu as bien fait, dit une voix dans le silence de la chapelle.
Frère Clément se retourna, surpris.
— Personne, marmotta-t-il.
Il avait dû s'assoupir un bref instant et rêver. Car la chapelle était vide en cette heure trop matinale.

D'amour et de sang

Vides aussi les rues de Mettis. Seuls, quelques soldats veillaient aux remparts de la ville, leurs lourdes piques appuyées contre la muraille. Soudain, les sabots d'un cheval au galop martelèrent la via Agrippa.
– Halte ! Qui va là ?
C'était un messager, cape au vent, un porteur de malheur. Mais comme personne ne souhaite apprendre les mauvaises nouvelles, les habitants de Mettis tardaient à s'éveiller, ce matin-là.
– Il paraît qu'il se passe quelque chose, dit un esclave en emplissant son amphore à la fontaine publique.
– Quoi donc ? demanda une servante.
Il ne savait pas. Un petit colporteur, son panier d'herbes autour du cou, ajouta :
– C'est là-bas.
D'un coup de tête, il repoussa le malheur plus à l'ouest, vers Remesis[1]. Chacun regagna son travail. Dans les rues qui commençaient à s'animer, Félix l'orfèvre marchait à pas lents, les mains sur son ventre rebondi. Son voisin le potier était déjà à son tour. Ils se saluèrent.

---

1. Aujourd'hui Reims.

– Tu sais quelque chose ? demanda le potier à l'homme important.
– Il n'y a rien, répondit l'orfèvre. S'il y avait quelque chose, je serais au courant.
Mais dès la rue tournée, il pressa le pas. Il avait une cache dans la campagne qui avait déjà servi à son grand-père. Il allait y mettre son or. On n'est jamais trop prudent.
Et la rumeur continua d'aller par la ville, enflant comme une outre pleine de vent. On parlait du parfum de Marie de Magdala. On disait qu'il avait disparu. On parlait du cavalier arrivé le matin. On disait qu'il était blessé.
– Les routes ne sont pas sûres, expliqua l'orfèvre au tonnelier. Le cavalier a été attaqué par des bagaudes, voilà tout.
Le tonnelier alla le répéter au marchand de cervoise. Mais pendant ce temps, l'orfèvre entassa son or dans deux sacs. Il quitta la ville sans prévenir personne, pas même sa femme ni sa vieille mère.

Sous les portiques du forum, on vendait des fruits, on vendait des fleurs comme à l'accoutumée.

D'amour et de sang

À l'entrée des thermes, les femmes bavardaient en attendant l'ouverture. La voix d'une vieille femme domina bientôt celle des autres :
– Tout ça me rappelle quand je vivais à Remesis. J'étais jeune à l'époque. Il y a de ça au moins...
– Au moins cent ans, l'interrompit une fille en riant.
C'était la fille qui pleurait au jardin du monastère. Des injures fusèrent : « cette traînée », « fille à soldats ». Elle haussa les épaules. Elle était trop habituée.
La vieille continua :
– Il avait fait un hiver à geler les pierres. Le Rhin était pris dans la glace. C'est comme ça que les Barbares ont pu passer de l'autre côté en une nuit. Ils ont traversé le fleuve avec leurs chariots. Ils sont arrivés devant Remesis.
Tout le monde s'était mis à écouter. Même les enfants avaient fini par faire silence.
– Toute ma famille s'est réfugiée dans la cathédrale sous la protection de notre bon évêque Nicaise. C'était son nom. Il est sorti sous le porche. Il s'est agenouillé devant leur chef. Il a demandé pitié pour les femmes et les enfants. Le chef lui a tranché la tête d'un seul coup de glaive.

Sans y prendre garde, la vieille femme avait mimé la scène.
— Ils sont entrés dans l'église. Ils ont tué la sœur de l'évêque puis ils ont éventré, ils ont décapité. Les forts, les faibles, les vieillards, les guerriers. Parfois, ils jetaient une femme à terre pour s'en amuser.
Elle, la vieille, n'avait que sept ou huit ans. Toute maigriotte et tremblante, elle s'était cachée dans l'ombre de l'église, fermant fort les yeux, les poings sur ses oreilles. La mort l'avait oubliée.
La fille à soldats avait joint les mains sur la poitrine. Elle n'avait plus envie de rire.
— Pourquoi ils n'ouvrent pas ? dit-elle.
Les portes des thermes restaient fermées.
— Les moines savent sûrement ce qui se passe, dit la vieille femme. Ils lisent dans les livres et dans les étoiles.
La fille se moqua d'elle :
— Tu radotes, la vieille !
Mais elle eut soudain envie de voir frère Clément. Au moins, celui-là ne jetait pas la pierre aux filles à soldats. Il ne l'appelait pas « cette traînée ». Il l'appelait « Marie ». Dans le jardin du monastère, il lui avait dit :

– Pense à Marie de Magdala. Quand Jésus l'a rencontrée, elle...
Il avait baissé la voix et chuchoté :
– Elle vivait comme toi.
C'était bon de parler avec frère Clément, même si ça faisait pleurer. Marie pressa le pas vers le monastère. Elle ne se l'avouait pas mais elle espérait aussi revoir le garçon aux yeux bleus. « Wulfila ». Elle avait retenu son nom.

Félix l'orfèvre avait déjà dépassé le cimetière. Il y avait une agitation inhabituelle sur la via Agrippa. Les chariots qui s'éloignaient de la ville étaient bien chargés. On voulait sauver ce qui pouvait l'être. Les gens qui montaient des faubourgs mesuraient du regard la hauteur des murailles derrière lesquelles ils venaient se réfugier. En se croisant, les uns et les autres échangeaient un : « Alors ? » mais n'attendaient pas la réponse. C'était quelque chose. C'était quelque part. Mais quoi ?
L'orfèvre quitta la grande route et prit ce même chemin qu'avait emprunté Wulfila. Au bout de quelques minutes, il se sentit mieux. Lui au moins savait où il allait et pourquoi. Cette cache dans

les bois, c'était un secret de famille. À chaque alerte, le grand-père puis le père étaient allés porter leur fortune dans ce trou d'arbre. Puis le danger passé, ils avaient repris leur bien. Tout jeune garçon, l'orfèvre avait été mené dans le bois par son père et le père lui avait dit :
– C'est là, mon fils. Tu te souviendras ?
L'orfèvre se souvenait très bien. Au petit trot de son cheval, il en avait pour trois bonnes heures de route. Comme il faisait beau en ce jour d'avril, l'orfèvre sentit son cœur s'alléger. Il se mit à fredonner. C'était un vieil air que lui chantait sa mère quand il était enfant. Il y pensa avec attendrissement. Puis il pensa à sa femme qui à son tour attendait un enfant. Quand l'alerte serait passée, fausse alerte sûrement, tout redeviendrait comme avant. L'enfant naîtrait, riche dès le berceau. Tout à ses rêves, l'orfèvre n'entendit pas venir le danger. Soudain, son cheval se cabra. Au détour du chemin, deux cavaliers surgirent. La terreur roidit l'orfèvre sur sa selle. Il avait déjà vu des mendiants menaçants et des Barbares pleins de vin. Mais ça, c'était quelque chose qu'il ne connaissait pas, quelque chose que personne n'avait jamais vu.

Deux Huns lui faisaient face sur leur poney au ventre bas, deux êtres qui n'avaient presque plus rien d'humain à force de faire corps avec leur monture. Leur visage d'un autre monde n'exprimait rien. Ni peur ni haine, ni surprise ni cruauté. Rien. Pourtant, l'orfèvre comprit que son enfant naîtrait orphelin. Il se signa. La lanière d'un fouet l'atteignit en plein visage et le fit tomber à terre. Le cavalier hunnique ne daigna pas descendre de sa bête pour l'achever. Du bout de l'épée, il récupéra les sacs d'or. Puis le petit poney piétina l'orfèvre de ses pattes velues, lui faisant rendre tripes et sang. Sans même vérifier si l'homme était mort ou mourant, les cavaliers s'éloignèrent. Ils étaient les éclaireurs de l'armée d'Attila. D'une petite hauteur, ils avaient repéré la villa de Marcus Cassianius. Ils allaient rallier toute une troupe de cavaliers et les conduire là-bas. Ils allaient piller, torturer, incendier, propager la terreur qui fait la force des armées.

Mais sur le chemin, une surprise attendait ces guerriers que rien ne surprenait. Le Hun au fouet poussa une exclamation, plus pour son poney que pour son compagnon. En travers de leur route, il y avait un cadavre, celui du bagaude tué par

Wulfila. Se baissant à en toucher le sol, le Hun attrapa le corps par ses haillons et le retourna. Un essaim de mouches s'en échappa en vrombissant. Les deux cavaliers se regardèrent. Pas un mot entre eux. Mais ils s'étaient compris. L'homme qui avait tué connaissait son affaire. Sa main n'avait pas tremblé. C'était propre, net, bien fendu par le milieu. D'ailleurs, le Hun au fouet le confia à son poney : il aurait plaisir à rencontrer cet homme-là. Et à jouer aux quilles avec sa tête.

À Mettis, on avait fait provision d'huile, de farine et de vin. On avait colmaté les brèches dans la muraille sud qui donnait des signes de faiblesse. Puis on avait distribué des armes aux hommes en âge de se battre. Les moines avaient abandonné le monastère Saint-Jean qui était hors les murs et s'étaient repliés en ville, à l'oratoire Saint-Étienne. Frère Clément avait conseillé à la jolie Marie de s'enfermer chez elle et de s'en remettre à Dieu. Tout Mettis priait et attendait.
Soudain, sur l'horizon courbe, apparurent les Huns, cloués sur leurs chevaux.

Chapitre 6

Peu survécurent

Un homme, court sur jambes et presque plus large que haut, promenait son impatience devant les remparts de Mettis. Attila voulait la ville, mais il la voulait sans combat. Comme tous les conquérants, il avait peu de temps. Car c'était sur toute la Gaule qu'il voulait faire main basse, sur ses blés et sur ses filles, sur l'or de ses églises et les marbres de ses palais. Il avait envoyé un héraut[1] pour parlementer avec la ville. Il avait promis de ne tuer personne,

---

1. Messager.

d'éviter pillage et incendie si les hommes de Mettis rendaient les armes. En réponse, une sentinelle s'était dressée aux remparts et avait tué le héraut d'Attila d'un javelot en pleine face. Désormais, le siège de la ville était inévitable.

Les Huns avaient donc installé leur campement tout autour de Mettis. Pour passer le temps, tandis qu'on préparait béliers et catapultes, Attila avait lâché ses soldats sur les faubourgs. Ils avaient crucifié des esclaves, étouffé des nourrissons, et stupidement mis le feu au monastère Saint-Jean. Attila traînait après lui des hordes qui ne rêvaient que cendres et sang, des brutes blondes de Germanie, des bagaudes trouvés en chemin et des Mongols vêtus de peaux de rats. Combien de temps pourrait-il les maintenir sous ses ordres, sans leur offrir ni massacres ni butin ?

Attila fit approcher les béliers des portes de la ville.

– Dernière sommation ! cria un autre héraut. Rendez-vous ou il n'y aura pas de survivant !

Les assiégés répondirent en versant de l'huile bouillante sur les artilleurs. Attila devait donc encore patienter. Mais pouvait-il compter sur le travail des catapultes ? Les projectiles n'avaient pas ébranlé un seul mur. Ou bien fallait-il attendre que la famine poussât les habitants à se rendre ? Mais leurs caves et leurs greniers étaient pleins à en crever.

Au bout de quelques jours, les généraux d'Attila craignirent que le piège ne se refermât sur eux. S'ils campaient trop longtemps sous les remparts, les troupes franques et les légions gallo-romaines finiraient par se rejoindre et, ensemble, elles repousseraient l'envahisseur.

– Nous allons lever le camp, décida soudain Attila, humilié comme il ne l'avait jamais été.

Les Huns se rassemblèrent sur leurs chevaux, tirant leurs dernières flèches. Ils allaient partir sous les huées des habitants de Mettis. La ville avait tenu bon. Elle pouvait être fière d'elle. Sur le chemin de ronde, le petit colporteur et le potier poussèrent des cris de victoire en se tapant dans le dos. La fille à soldats et la femme de l'orfèvre sortirent dans la rue et s'embrassèrent. Il est des moments où l'on oublie qui on est. Sauvées, elles étaient sauvées !

Seul un des officiers d'Attila s'obstinait à envoyer des pierres contre l'enceinte sud. Car c'était là le point faible : il n'y avait pas de rivière protectrice, et les murs avaient été hâtivement renforcés. Alors qu'Attila s'éloignait et que la ville laissait exploser sa joie, on entendit soudain un incroyable fracas. La muraille sud s'était effondrée. Par cette seule plaie ouverte, toute l'armée d'Attila allait pouvoir entrer...

Lorsque Wulfila était arrivé à la villa de Marcus Cassianius, parents et amis, entourés d'une nuée d'esclaves, venaient de s'attabler. L'odeur des broches chargées de viande accueillit dès l'entrée le jeune homme affamé. L'immense table ployait sous le poids des jambons monumentaux. De pitoyables et croustillants oisillons, pinsons ou rossignols, se serraient dans un plat tandis que saumons et truites de la Moselle semblaient encore frétiller au sortir des poêlons. Immobile devant la table, Wulfila sentait pousser ses crocs de loup et il en oubliait sa mission. Il était si étrange, avec ses yeux bleus tisonnés par la faim, qu'il finit par attirer sur lui les moqueries des convives.
– Eh, jetez-lui un os ou il va nous mordre !
Marcus Cassianius avait reconnu en Wulfila un oblat du monastère Saint-Jean. Le riche proprié-

taire ne croyait pas plus à Jésus qu'à Isis ou Mithra, mais il ne voulait fâcher personne.
– Que veux-tu ? demanda-t-il presque respectueusement.
– Je viens de la part de frère Clément, commença Wulfila. J'apporte la relique de Marie de Magdala pour la mettre en lieu sûr.
De sa besace, il sortit le flacon et, confiant comme un enfant, le tendit à Marcus. Celui-ci mira le liquide rouge et fit une grimace.
– C'est un parfum miraculeux, dit Wulfila, un peu mécontent de cet examen.
Le voisin de Marcus Cassianius se mit à rire et réclama le flacon.
– « Un parfum miraculeux ! » dit-il, faisant semblant de s'extasier. Sentons un peu ce miracle...
Il déboucha le flacon. Wulfila ne savait plus que faire. Frapper cet homme, c'était risquer de casser la relique.
– Pouah, mais ça pue comme mille cochons ! pesta l'homme en reposant brusquement le flacon débouché à l'horizontale.
Au même instant, des cris aigus se firent entendre. Marcus Cassianius se leva, tout de suite alerté.
– Les bagaudes ? s'inquiéta son voisin de table.
Agriculteurs et artisans refluaient en criant des

champs et des ateliers. Ce n'était pas la première fois que le riche domaine était attaqué. Tous les convives, repoussant tables et bancs, cherchèrent des armes en toute hâte. Wulfila rattrapa le parfum comme il allait s'écraser sur le dallage. Il s'était solidifié et pas une goutte ne s'en était échappé. Wulfila le reboucha posément. Puis il s'approcha du feu, s'empara d'une hache qui servait à fendre les bûches et sortit.
Dans la cour intérieure parut en éclaireur le Hun au fouet, monté sur son poney. Barbare, Wulfila l'était autant que lui, mais il était d'une autre race et d'un autre pays. Le Hun le devina. Dès qu'il aperçut le jeune homme, l'envie de le tuer s'empara violemment de lui. Un instant, il hésita entre la flèche et le fouet. Tuer de loin ou tuer de près ? L'hésitation lui fut fatale. Retrouvant d'instinct le geste du guerrier franc, Wulfila brandit sa hache et la lança. L'arme tournoya dans les airs et vint se planter entre les yeux du Hun, dans la pierre dure de son front. Le cavalier tomba devant le petit poney qui, gardant ses bonnes habitudes, l'acheva sous ses sabots.
– Eh bien, marmonna Wulfila, assez satisfait.
Quelques secondes plus tard, ayant jeté aux orties son habit d'oblat, il s'éloignait demi-nu de la villa.

Le cœur simple du garçon n'était plus occupé que d'une seule pensée : sauver frère Clément. Il avait vu à l'horizon s'élever la fumée d'un incendie.

Quand Wulfila parvint aux abords de Mettis, Attila n'avait pas encore ordonné le retrait de ses troupes. Torse nu, avec ses yeux bleus et ses bras musculeux, Wulfila était semblable aux Germains de l'armée d'Attila. Il n'eut aucune peine à se mêler aux hordes barbares qui campaient devant la ville. Gardant un prudent silence, il observa ce qui se passait. Tout comme les habitants de Mettis, il crut au bout de quelques jours que l'armée ennemie capitulait. Lorsque la muraille sud s'affaissa, la stupeur fut aussi grande chez les Huns que dans la ville. Mais l'étonnement des assaillants céda tout de suite la place à une joie insensée. Quelques minutes plus tard, les Huns étaient partout dans Mettis, sur les remparts et dans les maisons, dans les rues et dans les chambres. Attila aurait voulu donner des ordres et organiser le pillage. Mais comprenant que le massacre se ferait avec ou sans lui, il excita encore ses troupes.

Le petit colporteur qui versait l'huile sur les assaillants fut passé par-dessus le rempart. La vieille femme qui avait échappé aux Barbares à Remesis courut vers l'oratoire Saint-Étienne. Elle pensait à la petite fille qui s'était jadis réfugiée au fond de l'église. Mais un cavalier, lancé dans les rues au galop, lui trancha la tête d'un seul coup de sabre. Au moment de l'assaut, la femme de l'orfèvre et la fille à soldats étaient encore ensemble dans la rue. La femme de l'orfèvre habitait à deux pas de là. Elle courut à la maison et s'y enferma, claquant la porte au nez de Marie. À présent, chacun pour soi. Que Marie amuse les soldats, c'est son métier !

Hurlant avec la meute, Wulfila s'était mêlé à l'énorme poussée, passant lui aussi par la brèche de la muraille sud. De Mettis le jeune homme ne connaissait en fait qu'un seul endroit : l'oratoire Saint-Étienne où les frères allaient parfois prier. Si frère Clément était encore vivant, il s'était réfugié là. Wulfila avança, son épée à la main, à peine troublé par la nuit d'horreurs qui tombait sur la ville. Il demanda même son chemin à un pauvre homme fou de terreur qui lui montra la rue Saint-Étienne en tremblant.

C'était aussi vers cette rue que Marie accourait. Elle était à bout de forces. Elle n'avait pu retourner chez elle et elle errait à travers la ville, s'aplatissant contre les murs au passage des cavaliers. C'était presque un miracle qu'elle fût encore en vie. Mais un énorme mercenaire germain venait de la prendre en chasse. Il allait la rattraper. Elle se jeta contre la porte de l'oratoire Saint-Étienne et tambourina.

– Frère Clément, au nom de Dieu, ouvre ! Frère... ah !

L'énorme Germain, titubant d'ivresse, avait abattu sa poigne sur elle. Elle joignit les mains et le supplia :

– Ne me tue pas ! Je ferai ce que tu voudras.

La fille était vraiment jolie. S'il avait été moins ivre, le mercenaire l'eût emmenée captive. Mais le vin et le goût du sang lui avaient ôté tout jugement. Il voulait seulement tuer. Wulfila s'était approché, l'épée brandie. Il savait où il devait frapper, bien droit, au milieu du crâne. C'était déjà un geste routinier. Mais le Germain l'entendit venir et il se retourna. Lui aussi était armé, d'un poignard qu'il planta dans la poitrine de Wulfila. Le jeune homme blêmit et manqua de tomber. Il eut encore la force d'abaisser son épée, là, en plein crâne. Comme le Germain s'effondrait, la

porte de l'oratoire s'ouvrit. C'était frère Clément. Il reçut dans ses bras celui dont il avait ramassé le couffin, un matin, à la porte du monastère.
— Wulfila !
La fille à soldats en profita pour se faufiler dans l'oratoire et les moines refermèrent la porte derrière elle.
— Wulfila...
En ravalant ses sanglots, le frère Clément allongea le jeune homme sur le sol.
— J'ai rapporté la relique, dit le jeune Franc en fermant les yeux.
De sa poitrine, le sang s'écoulait, baptisant cette terre qui, un jour, porterait le nom de sa tribu barbare. Marie s'agenouilla près de lui. Elle avait reconnu ce garçon qui lui avait paru si beau, un matin, dans le jardin du monastère.
— Frère Clément, il ne va pas mourir ? demanda-t-elle timidement.
Sans lui répondre, frère Clément sortit le flacon de la châsse. Il vit que le parfum était redevenu liquide. Surmontant sa crainte de Dieu, il ôta le bouchon de liège. Il mit une goutte, deux gouttes du parfum sur le cœur de Wulfila et il traça le signe de la croix. Une odeur merveilleuse se répandit

dans l'oratoire. C'était un parfum de miel et de fleurs sauvages qui s'échappait du flacon débouché. Puis la légère senteur se chargea des odeurs plus pénétrantes des roses et des jasmins. Le sang avait cessé de couler. Wulfila souleva les paupières et il aperçut la fille du jardin qui pleurait, à genoux devant lui. Enfin, il allait pouvoir lui poser la question qui lui tenait à cœur :
– Pourquoi pleures-tu ?
– Parce que je t'aime, répondit-elle.
La blessure s'était refermée.

La ville de Mettis fut entièrement détruite. Un seul bâtiment fut épargné par les Huns et par le feu : l'oratoire Saint-Étienne. Frère Clément y baptisa les nombreux enfants de Marie et Wulfila. Le moine ne connut avant de mourir qu'un seul et dernier chagrin. Une nuit, le parfum miraculeux fut volé dans la chapelle du nouveau monastère. Le voleur était ce bagaude qui avait pris la fuite devant Wulfila. Il tira un bon prix de la châsse d'or et de vermeil. Mais il trouva au parfum une odeur si répugnante de marécage et d'œuf pourri qu'il le donna à une pauvresse qui mendiait

sous le porche d'une église. Le moine copiste qui écrivit « La légende du flacon » prétendit que la pauvresse n'était autre que Marie de Magdala de passage en Champagne.
Et les siècles passèrent comme si le parfum n'avait jamais existé.

Le temps des merveilles
1092

Chapitre 7

Cœur de Loup

L e père de Loup était mort lors d'un tournoi, laissant à son fils bonne renommée, mais peu d'argent. On ne savait rien de la mère de l'enfant.
À dix ans, Loup savait à peine ses lettres et toute sa science d'écuyer tenait dans le maniement de sa fronde. Il grandissait à la lisière de la forêt, à égale distance du château de Toucy et du monastère de Vézelay. Son pays à lui, c'était celui du rouge-gorge et du chevreuil, de la clairière et du bosquet.
Ce matin de printemps 1092, Loup s'était enfoncé dans la forêt, guidé par les appels d'un

coucou. Tandis qu'il avançait sur un sentier de mousse, il semblait qu'une main maternelle écartât de sa route les ronces et les branches traîtresses. Loup ne fut pas effrayé en apercevant dans une clairière des dames qui carolaient[1]. Elles chantaient, se donnaient la main et se saluaient en pinçant leur longue robe. Des tentes d'or et d'azur avaient été dressées pour leur repos. Mais pour l'heure, elles s'amusaient et c'est à peine si, en dansant, leurs pieds menus touchaient terre. Il y avait la blonde au teint de neige, la brune aux yeux de ciel, celle qui montrait ses fines chevilles et celle qui ne cachait guère les deux petites pommes de ses seins. Loup s'allongea dans l'herbe et les observa, les joues bien au chaud dans le creux de ses mains. Le voyaient-elles ? Ne le voyaient-elles pas ? Tout le jeu était là. La faim chassa Loup du bois et quand il arriva chez sa marraine, il déclara :
– J'ai vu des fées dans la forêt.
« Bon, se dit la marraine (qui, elle, n'était pas fée), il est temps que j'envoie cet enfant au château. Sire Enguerrand avait promis à son père de faire son éducation. »

---

[1]. Qui dansaient en rond.

Le baron Enguerrand de Toucy n'aimait que la guerre. Il trouvait toujours un sujet de querelle avec ses nobles voisins. Son bonheur, c'était dévaster les récoltes et fracasser les chevaliers, lance contre lance ou épée contre épée. Quand Loup, en bliaut[2] bleu et chausses rouges, se présenta au château, son seigneur s'apprêtait pour la chasse au faucon. À peine s'il remarqua l'enfant. Le jeune Loup, avec ses boucles blondes et ses grands yeux, tenait plus de la pucelle que du guerrier.

– Va voir ma femme, lui commanda sire Enguerrand.

Pourtant, Loup arrivait à l'âge où un fils de chevalier doit s'entraîner à la chasse et au tournoi, tirer à l'arc, lancer le javelot et apprendre le galop. Loup monta aux remparts, marcha le long d'un couloir, puis entra dans la salle où se réunissaient les dames du château. Un grand feu clair en tiédissait l'air. De longues tapisseries volées à quelque château voisin protégeaient des glaciaux vents coulis. Près du feu, la nourrice donnait le sein au bébé de dame Quiterie. Amies, parentes

---

2. Longue tunique.

et servantes s'agitaient dans la pièce, l'une filant la quenouille, l'autre brodant sa toile et toutes chantant :
— « Dorenlot, j'aime bien Guyot.
Tout mon cœur à lui s'octroie ! »
Loup ne s'avisait même pas de saluer. Il regardait dames et demoiselles et, songeant à ses fées, il cherchait la plus belle. La plus belle était à sa toilette et faisait coiffer ses longs cheveux d'un noir aile de corbeau. La plus belle, c'était dame Quiterie, la châtelaine de Toucy.
— Ah ! fit une demoiselle en apercevant le garçon.
— Oh ! fit la nourrice en se couvrant le sein.
La chanson s'interrompit.
— Gentes dames et demoiselles, dit l'enfant de sa voix haute, Dieu vous donne le bonjour !
Loup avait-il pris cette assurance au voisinage des fées ? Autant sire Enguerrand lui avait déplu, autant cette joyeuse compagnie l'attirait. Dame Quiterie aurait pu se fâcher d'être ainsi surprise, en chainse[3] de soie et les cheveux défaits.
— Regardez le défenseur que Dieu nous envoie ! se moqua-t-elle.

---

3. Chemise.

Loup fut le premier à rire et comme c'était un rire d'enfant, le bébé tourna la tête en l'entendant.
– Qu'elle est jolie! s'exclama Loup, devinant qu'il s'agissait d'une petite fille.
– Il n'en est pas de plus belle, se rengorgea la nourrice.
– Elle a nom Pacqueline, dit la servante qui coiffait la maîtresse.
Mais un nuage assombrit les yeux de la châtelaine. Son mari voulait un garçon. Il n'avait pas jeté un regard sur Pacqueline.
– Dieu me donne bientôt un fils! soupira dame Quiterie.
– « Dorenlot, j'aime bien Guyot », chanta alors la fileuse.
Et toutes, chassant le souci, reprirent le refrain:
– « Tout mon cœur à lui s'octroie! »

Cinq ans plus tard, Loup n'avait toujours pas quitté la chambre des dames. Il avait oublié le peu de lettres qu'il connaissait et il n'avait pas soulevé la plus petite épée. Mais il savait comme personne chanter des chansons d'amour. Pour faire rire Tiphaine et Pacqueline, les deux filles de

dame Quiterie, il grimaçait comme un singe, marchait sur les mains et jonglait avec des œufs.
Pendant ce temps, sire Enguerrand songeait au moyen de se débarrasser de sa femme qui ne savait lui pondre que des filles. Il pouvait prétendre que dame Quiterie l'avait ensorcelé avec un philtre d'amour pour le contraindre à l'épouser. Mais l'abbé de Vézelay n'aimait pas trop brûler les sorcières. Et s'il était prouvé que dame Quiterie le trompait avec un de ses chevaliers ? Sire Enguerrand tuerait le chevalier en combat singulier et il ferait enterrer vive sa femme. Oui, plus il y pensait, plus Enguerrand se persuadait que c'était la solution. Mais il fallait trouver quelque benêt de chevalier qui fît l'affaire. Un jour, comme il revenait de la chasse, son regard tomba sur Loup.
– Quel âge as-tu ? demanda-t-il au garçon.
– Quinze ans, messire.
Quinze ans ? Et toujours page au service de dame Quiterie ! Voilà qui n'était pas convenable, non, pas convenable. Le baron de Toucy s'éloigna en maugréant. Loup ne songea pas à s'inquiéter pour lui. Il avait un autre souci. Dame Quiterie dépérissait. Elle avait bien compris que son seigneur enrageait de n'avoir point d'héritier mâle. Sire

Enguerrand devenait de plus en plus rude en paroles et toute la mesnie[4] de la châtelaine tremblait devant lui.

Or un matin, un étranger se présenta aux portes du château. C'était un de ces pieds poudreux qui allaient de lieu en lieu vendre leur maigre marchandise. Celui-ci se vantait d'avoir tout ce qui convient à la toilette des dames.
– J'ai des miroirs, des bandeaux, des pinces, des nattes, des peignes, des rasoirs, de l'eau de rose, de l'eau de violette et du parfum de Chypre rouge !
Par les meurtrières, les dames lui crièrent de monter. Quand le colporteur entra dans la pièce, le soleil qui l'éclairait timidement préféra se cacher. Pacqueline et Tiphaine se mirent à pleurer. Mais personne n'y prit garde car l'homme avait déballé ses trésors. Toutes les dames parlèrent à la fois :
– Oh, regardez ce joli miroir ! Et ce ruban ! Moi qui avais cassé mon peigne...
Laissant les dames s'extasier sur ces menus objets, le marchand fit un signe de tête à la châtelaine pour l'inviter à s'éloigner. Intriguée, dame Quiterie s'écarta du groupe.

---

4. La maisonnée qui comprend les parents et les amis.

– Je viens d'Orient, lui dit l'étrange personnage, et j'en ai rapporté les plus nobles parfums.

Tout doucement, il dénoua un tissu. Il contenait un flacon en forme d'ampoule qui n'avait ni anses pour le saisir ni socle pour le poser. Le colporteur semblait ne pas vouloir le toucher.

– Qu'est ceci ? demanda dame Quiterie.

– Un parfum de Palestine. Deux gouttes de ce nard précieux feront de tout homme votre esclave enchaîné.

Dame Quiterie songea à son mari. Si ce parfum le soumettait à elle, peu importait alors qu'elle eût fille ou garçon.

– Quel prix en veux-tu ? demanda-t-elle à l'étranger.

– Oh, je ne le vends ni à prix d'or ni à prix d'argent. Je le donne.

– Tu le donnes ?

La châtelaine regarda l'homme craintivement. Qui était donc ce marchand qui ne vendait pas sa marchandise ?

– Deux gouttes vous suffiront, noble dame, pour l'usage que vous en ferez. Mais, pour les avoir, il faut ouvrir le flacon. Et seul un cœur sage peut faire l'ouvrage. Trouvez ce cœur.

– Ne cherchez pas plus loin, fit la châtelaine, le ton hautain.
Comme elle était sûre d'elle, elle prit le flacon dans ses mains. Il n'était empli qu'au tiers de sa hauteur d'un liquide rouge et huileux. Or celui-ci se mit à frémir comme une eau qu'on porte sur le feu, puis il entra en ébullition. D'effroi, dame Quiterie faillit lâcher le flacon. D'un geste vif, le colporteur le reprit et l'enveloppa dans le tissu. Puis il murmura à l'oreille de la châtelaine :
– Chaleur du corps, c'est chaleur des passions. Si tu l'ouvrais, ce parfum serait poison.
Dame Quiterie n'avait pas toujours été sage et, avant d'épouser le baron de Toucy, elle s'était donnée à un beau et pauvre chevalier. Elle ne pouvait déboucher le flacon. Elle en fut d'abord un peu froissée. Mais elle vit bientôt tout l'amusement qu'elle pouvait tirer de ce parfum indiscret.
– Mes amies ! dit-elle à sa compagnie. Venez voir ce flacon merveilleux et le prendre dans vos mains. Plus vous êtes noble dame, plus le liquide qu'il contient va s'agiter.
Toutes voulurent tenter l'épreuve, et ce fut à qui tirerait du flacon les plus gros bouillons. Dame Quiterie riait plus fort que les autres, car elle seule

savait la signification de ce bouillonnement :
plus celle qui tenait le flacon avait eu d'amours
et d'amants, plus le liquide s'échauffait.
— Ma tante, ma tante, prenez-le donc ! supplia
la châtelaine.
Dame Berthe fronçait les sourcils devant tant
d'enfantillages. Elle désapprouvait les rires, les
jeux, les chansons d'amour et les pages aux yeux
bleus. Mais dame Quiterie lui mit de force le flacon
entre les mains.
— Oh, quelle merveille, ma tante ! Le flacon va
éclater tant vous le faites bouillir et bouillonner.
Un peu inquiet, le colporteur le lui reprit. Quand
les dames eurent trouvé un autre amusement, il
fit de nouveau signe à dame Quiterie.
— Personne ne peut ouvrir votre méchant flacon,
lui dit la châtelaine.
— Il me faut trouver quelqu'un qui ne soit plus un
enfant, lui expliqua l'étranger, mais qui ait gardé
un cœur d'enfant. Votre jeune page, quel âge
a-t-il ?
— Loup ? Il a quinze ans.
— Est-il resté sage ?
C'était le moyen de le savoir.
— Loup, commanda la châtelaine, viens par ici.
Tous trois s'écartèrent et, bien à l'abri derrière

une tenture, l'étranger dévoila une dernière fois le flacon.

– Prends-le, dit-il au jeune garçon, et surtout, ne le lâche pas.

Loup obéit. Dans ses mains, le liquide resta de glace. Aimer les fées, ça ne compte pas pour de vrai.

– Parfait, dit le colporteur. Nous avons trouvé.

Il y eut ensuite entre l'étranger et la châtelaine une longue conversation à laquelle nul ne fut convié. Certes, le colporteur ne demandait pas d'argent en échange des deux gouttes de parfum. Mais ce qu'il exigeait était si inquiétant que dame Quiterie commença par refuser.

– Réfléchissez encore, dit l'homme, au moment de partir. Je suis pour quelques jours au monastère de Vézelay. Que ce soit oui, que ce soit non, faites porter votre réponse au jacquet[5] qui vient de Troyes...

– C'est vous? s'étonna dame Quiterie. Vous êtes un pèlerin ou un marchand?

– Pourquoi ne serait-on pas et ceci et cela? fit l'homme en la saluant bas.

---

5. Pèlerin qui se rend à Saint-Jacques-de-Compostelle.

Chapitre 8

La dame de la rivière

Depuis trois jours, le jacquet de Troyes logeait avec d'autres pèlerins à l'aumônerie de l'abbaye. Comme il ne manquait jamais la messe, l'abbé Geoffroi l'avait remarqué. Le quatrième jour, le jacquet obtint de l'abbé la permission d'aller prier sur le tombeau de Marie-Madeleine. Ce tombeau était en réalité un vieux sarcophage que l'abbé Geoffroi avait trouvé, dormant dans un souterrain. On y devinait quelques lettres vaguement gravées, peut-être un M, sûrement un A, et une scène sculptée dans la pierre où une femme se tenait aux pieds d'un homme. En le découvrant dans le souterrain, l'abbé avait eu une brusque révélation : ce tombeau était celui de Marie-Madeleine, la pécheresse pleurant aux pieds de Jésus. Car dans le souterrain, l'abbé avait pensé à tous les pèlerins qui accourraient vers les saintes reliques de Vézelay, les riches pour donner leur or, les malades pour guérir et les princes pour se faire pardonner.

– Mais, remarqua le jacquet après avoir prié, n'y a-t-il pas déjà un tombeau de Marie-Madeleine dans le pays d'Aix ?

L'abbé Geoffroi qui le reconduisait à l'aumônerie coula vers lui un regard méfiant.

– Nous avons le vrai tombeau et les vraies reliques, dit-il, la voix sèche. Le pape nous donnera raison.

Mais le pape tardait à le faire et l'abbé Geoffroi s'inquiétait. Il avait eu tant de mal à mettre un peu d'ordre dans la pagaye de l'abbaye et tant de mal à se faire craindre des barons du pays ! Si le pape le traitait de menteur, c'en était fait de son autorité.

– Ils ont bien trouvé la tête de saint Jean-Baptiste à Saint-Jean-d'Angély ! s'emporta l'abbé. Pourquoi n'aurions-nous pas les bras ou les pieds de Marie-Madeleine ?

– Tout cela est bel et bon, dit le jacquet. Mais si vous aviez le parfum de Marie-Madeleine, cela vous donnerait raison.
– Vous voulez parler du parfum qui a disparu du monastère de Metz ? demanda l'abbé, surpris.
L'histoire était ancienne et mal connue. Elle remontait aux environs de l'an 500.
– Et si le parfum n'avait pas tout à fait disparu ? suggéra le jacquet.
De saisissement, l'abbé s'arrêta de marcher.
– Et si je pouvais vous le montrer ? murmura le jacquet.

Voilà pourquoi cette nuit-là, dans le parloir de l'abbaye, le jacquet se trouvait seul à seul avec l'abbé. Doucement, il dénoua les coins du tissu et découvrit l'étrange flacon d'albâtre. L'abbé Geoffroi en eut des palpitations. Il n'avait jamais vu pareil objet. Il étendit la main pour s'en emparer. Le jacquet l'arrêta :
– Attendez ! Ce flacon peut de grandes merveilles, faire voir les aveugles et parler les muets...
L'abbé s'impatientait sur son banc. Il lui fallait des miracles pour son abbaye.
– Mais n'ouvrez pas vous-même ce flacon, le

prévint le jacquet. Seul un cœur sage peut faire l'ouvrage.
L'abbé Geoffroi avait peut-être un peu menti au sujet du tombeau. Mais c'était un très saint homme, priant le jour, priant la nuit, suivant la stricte règle de saint Benoît. Et il était bon pour les pauvres, et dévoué à son abbaye. Cela seul importait. Il prit dans sa grosse paume le délicat flacon. À l'instant même, le parfum entra en ébullition.
— Par tous les saints, balbutia l'abbé.
— Chaleur du corps, c'est chaleur des passions, ricana le jacquet. Si tu l'ouvrais, ce parfum serait poison.
L'abbé n'avait pas toujours été sage. Dans son jeune âge, il avait connu les petites putains des tavernes. Il plongea son visage dans ses rudes mains et un sanglot le secoua.
— Ressaisis-toi, fit le jacquet, peu attendri. N'y a-t-il pas parmi tes moines un cœur vraiment pur ? Pierre ? Paul ? Jacques ? Étienne ? Célestin ? L'abbé les fit défiler un par un dans son esprit. C'étaient tous de braves moines à présent, mais qu'il avait eu du mal à les corriger ! Geoffroi soupira. Aucun n'était digne d'ouvrir le flacon de la sainte. Et lui, hélas, ne valait pas mieux qu'eux.

– Il y a un cœur pur au château de Toucy, dit le jacquet, la voix pensive. Mais la châtelaine n'a pas voulu me le laisser prendre à mon service.
Car c'était le marché que le colporteur avait proposé : les deux gouttes du parfum en échange de Loup.
– Il ferait un bon moine, dit l'abbé Geoffroi rêveusement.

Au château de Toucy, quelqu'un d'autre pensait à Loup. C'était sire Enguerrand.
– Ce jeune page, dit-il à dame Berthe, que vous en semble ?
Le baron de Toucy et la vieille tante de dame Quiterie se promenaient tous deux au verger. Dame Berthe, qu'on moquait souvent, était très flattée que quelqu'un lui demandât enfin son avis. Elle fit une moue mystérieuse, car elle ne savait pas ce que le baron voulait entendre.
– Ne trouvez-vous pas, reprit Enguerrand, que ce garçon se plaît beaucoup en compagnie des dames ?
– Ça, fit la vieille tante, avec un air de plus en plus mystérieux.
– Je vois que vous en savez long, continua le baron.

La pauvre dame aurait bien voulu que ce fût le cas. Elle hocha la tête en soupirant, comme si toute sa science lui pesait sur le cœur.
— Ne me cachez rien, la supplia soudain Enguerrand. J'ai des soupçons sur ma femme. Est-ce que dame Quiterie et ce damné page...
La vieille tante tressaillit. Elle ne s'attendait pas à une telle accusation. Les choses devenaient graves.
— Ne parlent-ils pas souvent ensemble? la questionna le châtelain.
— Si fait.
— Et tout bas?
Dame Berthe acquiesçait en silence.
— Et ils se tiennent à l'écart et ils rient tous les deux?
— Et ils jouent au trictrac! les accusa la tante en fronçant les sourcils.
Le baron toussota. Que cette vieille était donc stupide!
— Vous les avez surpris, ne me cachez rien! dit-il, presque menaçant. Ils s'embrassaient, bouche à bouche. Elle lui disait «mon amour», il lui répondait «mon adorée».
Dame Berthe regardait droit devant elle, muette et les yeux ronds.

– Ah, Dieu, quelle infortune ! s'écria le baron, en se frappant le front. Je suis trahi par un homme que j'avais accueilli sous mon toit.
– Un homme, balbutia dame Berthe en songeant aux boucles blondes du page.
Le baron enserra de ses deux mains les grêles poignets de la vieille.
– Grâce à vous, je vais être vengé. Il me faut avertir l'abbé Geoffroi. Vous porterez témoignage contre ces misérables.

Chaque jour, dame Quiterie devenait plus sombre. Il lui semblait toucher du doigt le danger qui la menaçait. La nuit, des ombres effrayantes passaient et repassaient dans son sommeil. À demi folle d'effroi, elle s'éveillait en sursaut et courait, les pieds nus, jusqu'aux lits de ses filles.
– Mes petites, mes aimées...
Tiphaine et Pacqueline étaient la source de ses malheurs. Mais dame Quiterie les adorait. Pourquoi avait-elle refusé ce marché avec le colporteur ? Ces deux gouttes de parfum lui auraient enchaîné le cœur de son mari. Bien qu'elle ne fût point mauvaise, la châtelaine se cherchait des raisons de vendre Loup au jacquet. Après tout, ce page n'était qu'un rêveur et un paresseux.

— Loup, lui dit-elle, tu vas porter ce message à l'aumônerie de Vézelay. Là-bas, demande le jacquet qui vient de Troyes et fais tout ce qu'il te commande.
— Oui, Dame, répondit Loup, heureux d'aller courir la campagne.
De honte, la châtelaine détourna les yeux. Sur le morceau de parchemin, elle avait écrit : « Je vous cède mon page. Donnez-moi ce que vous m'avez promis. »

Pour gagner Vézelay, le garçon devait traverser son pays d'enfance. On était au printemps. Les coucous se répondaient d'arbre en arbre et les jonquilles éclairaient les talus. Loup chantait à tue-tête :
— « Prenez-y garde, si l'on regarde !
Si l'on regarde, dites-le-moi ! »
Quand il arriva au bord de l'Armance, Loup eut envie de s'y baigner. Il connaissait un joli trou d'eau, près d'un saule. Mais quand il fut sur la berge, il s'aperçut qu'il avait été devancé. Une dame se baignait. Elle battait l'eau de ses bras blancs et l'on voyait parfois jaillir de l'onde une épaule ronde ou un sein nu. Loup sourit mali-

cieusement et se recula sous les franges du saule. La baigneuse était blonde. Elle nageait à fleur d'eau, se tournant, se retournant, riant de bien-être. Se savait-elle épiée ? Tout le jeu était là. La dame s'approcha de la rive et soudain Loup reçut un paquet d'eau sur ses chausses. Le rire de la baigneuse se répandit en cascades fraîches.
– Vu, beau sire ! cria-t-elle.
Le garçon écarta les feuillages du saule.
– Ne viendrez-vous pas vous baigner ?
Sans autre réponse qu'un tendre sourire, Loup ôta son bliaut. Il fut bientôt dans l'eau.
– Qu'elle est froide ! se récria-t-il.
– Venez par ici, beau sire. Je vais vous réchauffer.
La baigneuse prit Loup à pleins bras et le fit à demi couler. Loup se débattit et, en quelques brasses, il prit le large. Puis il plongea sous l'eau et alla tirer la belle par les pieds. Ainsi jouèrent-ils dans l'Armance jusqu'à n'avoir plus de souffle. Loup s'accrocha aux herbes de la rive.
– Comment vous appelez-vous ? demanda-t-il à la baigneuse.
– Armance.
C'était la fée de la rivière. Elle appuya deux lèvres fraîches sur la bouche du garçon puis disparut en

eau profonde. Loup sortit de l'eau et s'étira au soleil. Puis il sentit une lourde fatigue peser sur ses épaules. Il s'allongea et dormit. Il ne sut jamais que la fée était allée fouiller dans sa besace.

À l'aumônerie, Loup réclama le jacquet de Troyes. Celui-ci était au parloir avec l'abbé.

– Tiens, tiens, notre cœur sage, dit le jacquet en voyant s'avancer le garçon.

L'abbé Geoffroi le regarda avec intérêt.

– J'ai un message de dame Quiterie, dit Loup qui avait reconnu le colporteur sous les habits du pèlerin.

Le jacquet prit le parchemin et lut : « Je NE vous cède PAS mon page. NE me donnez PAS ce que vous m'avez promis. » Il poussa un juron de dépit. L'abbé dévisageait toujours le garçon. Pouvait-on imaginer que ce petit jeune homme au sourire distrait fût un « cœur sage » ?

– J'aimerais lui voir tenir le flacon, dit l'abbé au jacquet.

Loup ne comprenait guère cette insistance à lui faire prendre en main un flacon de parfum. Mais il obéit. Comme la première fois, le liquide resta de glace. Car embrasser une fée, ça ne compte pas pour de vrai. « Si j'en faisais un moine, songea l'abbé, il pourrait ouvrir le flacon à ma demande. » Et l'abbé d'imaginer des paralytiques se mettant à marcher, des aveugles recouvrant la vue. Il suffisait d'une goutte, deux gouttes pour obtenir de tels miracles, prétendait le jacquet. Et tous les miraculés iraient de par le monde proclamer que le véritable tombeau de Marie-Madeleine était bien à Vézelay.

Le jacquet, quant à lui, se promettait de reparler au page et de l'attirer à son service par des cadeaux et des cajoleries. Puis, une fois qu'il l'aurait emmené, il le tiendrait prisonnier, car cœur sage de quinze ans ne le reste pas longtemps. Ainsi deviendrait-il le plus puissant des enchanteurs et son nom traverserait les siècles.

Chapitre 9

Ce qu'il advint des dames et du parfum

Loup retourna au bord de l'Armance et, assis près du saule, il fit des ronds dans l'eau. Mais la fée qui avait échangé les messages ne réapparut pas.
Quand le garçon entra au château de Toucy, deux gens d'armes se saisirent de lui et le conduisirent au cachot. Loup avait déjà vu des malheureux qu'on arrêtait sans explication. Il savait que protester ou se démener n'entraînerait rien d'autre que des coups. Le garçon n'avait rien à se reprocher et il comptait sur dame Quiterie pour le tirer d'affaire. Mais quand il se retrouva enchaîné au

mur, dans une geôle sans lumière, les larmes lui montèrent aux yeux. Dans ce silence qui était déjà celui du tombeau, Loup crut soudain entendre des plaintes. La pitié saisit son âme. C'étaient des pleurs de femme. Loup en oublia sa propre peine et, pour que la malheureuse se sentît moins abandonnée, il se mit à chanter de toutes ses forces :
– « Dorenlot, j'aime bien Guyot !
Tout mon cœur à lui s'octroie ! »
Au troisième couplet, la plainte avait cessé. De l'autre côté du mur, dame Quiterie écoutait chanter son page.

Après avoir jeté les deux « coupables » au cachot, sire Enguerrand fit seller son cheval et partit pour Vézelay. Il aurait pu juger lui-même sa femme car baron est maître en sa baronnie. Mais il redoutait les puissants frères de dame Quiterie. Si le jugement était prononcé dans les règles, ceux-ci ne chercheraient pas à se venger.
L'abbé Geoffroi n'était pas en bons termes avec le sire de Toucy. Il n'avait jamais pu l'empêcher de maltraiter ses paysans ni de faire la guerre en tous lieux et tous temps.

– Que me veut ce mécréant ? marmonna-t-il quand on lui apprit la venue de sire Enguerrand.
Le baron faisait les cent pas dans le parloir de l'abbaye. Quand il aperçut Geoffroi, il se rua sur lui :
– Je viens réclamer vengeance ! s'écria-t-il.
– Dieu vous donne le bonjour, mon fils, répondit l'abbé.
– Mon honneur est bafoué ! cria encore le baron. Ma femme m'a trompé !
À force de répéter ses mensonges, il finissait par y croire. Bégayant de rage, il exigeait que dame Quiterie fût enterrée vive et que son amant fût pendu.
– Dame Quiterie est une chrétienne, dit l'abbé, la voix onctueuse.
Tout en cherchant à calmer le baron, il réfléchissait. Mariée à un tel sanglier, la châtelaine avait pu porter son cœur ailleurs. Certes, c'était un péché, un péché considérable. Mais Jésus avait pardonné à Marie-Madeleine. Hélas, dans l'état où il était, le baron n'en ferait sûrement pas autant.
– Enterrée vive ! mugissait-il. Et ses filles, je les chasse et... et...
L'abbé décida d'élever la voix :

— Mais qui a dénoncé votre femme ?
— Sa tante. Dame Berthe. Une veuve vertueuse. Elle les a vus. Elle peut le jurer sur les Écritures.

Geoffroi était dans l'embarras. Il connaissait dame Berthe. C'était une femme stupide, mais malheureusement elle était irréprochable.

— Dame Quiterie a-t-elle avoué son crime ? questionna-t-il encore.

Le sire de Toucy eut un rire farouche.

— Qu'a-t-on besoin d'aveu ? Je réclame le jugement de Dieu.

L'abbé eut un recul d'horreur à l'idée de brûler la main de dame Quiterie. Mais pouvait-il refuser ?

— Je viendrai demain en votre château, dit-il, résigné.

Le baron semblait si sûr de ses accusations que l'abbé croyait déjà la châtelaine coupable. Mais il espérait lui éviter la mort. Quant au chevalier, nul doute qu'il serait pendu. Au moment de quitter Enguerrand, il lui demanda distraitement :

— Et quel est le nom du chevalier ?
— C'est... hmm... un page.
— Un page ? s'étonna l'abbé.
— Mais il est connu pour sa débauche et ses vices innombrables ! ajouta le baron.

– Ah oui ? Vous ne m'avez pas dit son nom...
– Loup.
L'abbé faillit s'écrier : « Le cœur sage ! » mais il se contint et répéta :
– Je viendrai demain.

Le lendemain, dans la cour du château, se pressaient pêle-mêle dames et demoiselles, chevaliers et écuyers, servantes et soldats. Au premier rang, se tenait dame Berthe qui avait maintenu ses accusations, la main sur les Évangiles. Tous les regards convergeaient vers dame Quiterie, dont le beau visage était ravagé par les larmes. On venait de délier ses poignets. Dans l'atelier voisin, l'apprenti avait attisé le feu dans la forge. Le maître armurier y mit à chauffer une barre de fer. Quand elle fut incandescente, il la sortit au bout d'une pince et l'apporta dans la cour. L'abbé Geoffroi s'approcha de la châtelaine et lui chuchota à l'oreille :
– Supportez l'épreuve, dame Quiterie. Pensez à ce que souffrit notre Seigneur Jésus Christ.
La châtelaine l'entendit à peine. Il lui semblait qu'un voile était tombé entre le monde et elle.

Déjà, elle n'existait plus. Le forgeron tendit vers elle le fer rougeoyant. L'abbé dut guider sa main pour qu'elle s'en emparât. L'horrible douleur de la brûlure lui porta jusqu'au cœur et elle s'évanouit. Tandis que des servantes la ranimaient, l'abbé enveloppa sa main dans un petit sac de cuir dont il noua les cordons. Il avait vu que dans la paume se formait déjà un amas de chairs noircies. Dans trois jours, il ôterait le sac pour lire le jugement de Dieu. Si la peau était intacte, dame Quiterie serait déclarée innocente. En cas contraire, elle serait enterrée vive.

Les soldats reconduisirent la châtelaine dans son appartement. L'abbé avait obtenu qu'elle fût bien traitée jusqu'au jour de la sentence. Mais ce que dame Quiterie souffrit ne peut s'imaginer. La brûlure laissée sans soin se mit à suinter et suppurer. La peau en lambeaux colla au cuir du sac et la douleur coula dans les veines, de la main jusqu'au cœur, comme un fleuve de feu.

– Je veux mourir, je veux mourir, pleurait dame Quiterie.

Le jour du jugement, la châtelaine fut conduite à la chapelle du château pour y entendre la messe. L'abbé Geoffroi l'attendait, accompagné d'un de ses moines. Les gardes qui escortaient dame Quiterie quittèrent la chapelle et y firent entrer Loup. Ils haïssaient tant le baron qu'il n'avait fallu qu'un peu d'argent pour les décider à cette trahison. Le jeune page qui avait passé plusieurs jours dans le noir du cachot clignait douloureusement des yeux. Mais dès que le moine au côté de Geoffroi eut repoussé son capuchon, Loup reconnut en lui le jacquet de Troyes.

— Vite, dit l'abbé, nous n'avons que peu de temps.

Il dénoua les cordons du sac et, pour le retirer, il le retourna comme un gant. L'horrible plaie se remit à saigner.

— Je veux mourir, supplia dame Quiterie. Oh, donnez-moi la mort.

Le jacquet avait entrouvert le tissu qui recouvrait le flacon.

— Prends-le, dit-il à Loup.

Le garçon obéit.

— Ouvre-le.

Loup ôta le bouchon de liège et sentit flotter dans la chapelle le frais parfum de l'Armance. C'était une odeur de jonquilles et de feuillages, d'herbe chaude et d'eau troublée.

— Donnez votre main, dit le jacquet à Quiterie.

Doucement, parcimonieusement, il laissa couler sur la brûlure une goutte, puis deux. L'abbé Geoffroi huma l'air autour de lui. Il y reconnut les parfums lourds des courtisanes, l'odeur des draps et de l'amour.
– Vite, vite, rebouchez le flacon, s'affola-t-il.
Loup le referma, mais le flacon lança une dernière et céleste exhalaison d'encens et de cire fondante.
La châtelaine replongea la main dans le sac de cuir et l'abbé en noua les cordons. Les gardes reprirent place de chaque côté des accusés et l'on alla quérir le sire de Toucy.
Le baron avait confiance dans le jugement de Dieu, et plus encore dans les fers rougis au feu. Il savait que la veille au soir sa femme pleurait de douleur – signe que la plaie n'était pas guérie. Dame Quiterie l'attendait dans la chapelle, son visage dissimulé par ses longs cheveux défaits. À côté de l'abbé, un moine encapuchonné marmottait des prières. Loup s'était agenouillé. Le cœur endurci du baron ressentit que l'heure était solennelle. L'heure était à Dieu.
– Dame Quiterie, je vais ôter le sac, prévint l'abbé Geoffroi.
La châtelaine releva la tête et regarda le baron droit dans les yeux. Dès que la première goutte

de parfum était tombée sur ses chairs brûlées, la douleur avait cessé. Quand le sac fut ôté, Quiterie présenta à son mari le dos de sa main. Puis lentement, elle tourna le poignet et découvrit sa paume. Blanche, un peu grasse, charmante.

– Mais c'est... c'est impossible, bégaya le sire de Toucy.

– Rien n'est impossible à Dieu, lui rappela l'abbé Geoffroi.

Le jacquet avait consenti à sauver dame Quiterie, mais il en avait fixé le prix, et c'était à Loup de payer.

– Tu ne dois pas rester au château après ce qui s'est passé, dit l'abbé au page. Le baron chercherait à se venger. Le jacquet qui vient de Troyes propose de t'emmener avec lui jusqu'à Saint-Jacques-de-Compostelle. Tu ne peux trouver meilleur maître.

L'abbé mentait. Une fois de plus, il mentait et tout en faisant le bien, il faisait le mal. Il avait sauvé Quiterie. Il perdait Loup.

De quel côté pencherait la balance, au jour du Jugement dernier ?

– Dieu me pardonne, balbutia-t-il en regardant le garçon s'éloigner avec le faux jacquet.

Tous deux cheminèrent en silence jusqu'à l'heure de midi. Loup jetait parfois un regard intrigué vers ce nouveau maître qui lui avait été si brusquement donné.
— Nous allons déjeuner au bord de l'eau, dit le jacquet. Ce saule nous préservera de la chaleur.
Ils descendirent sur la berge de l'Armance. De sa besace, le jacquet sortit du pain et quelques cerises. Il toucha à peine au repas puis quand le garçon se fut rassasié, il lui dit :
— Pour déboucher ce flacon merveilleux, il me faut un serviteur qui ne soit plus un enfant par l'âge mais qui ait gardé un cœur d'enfant. La chose est rare. Aussi vais-je faire de toi ce qu'on fait des choses rares : te mettre sous clef.
Ayant dit, il attacha le poignet de Loup au sien.

L'endroit invitait à la sieste et le jacquet ne se fit pas prier. Loup enchaîné à son maître ne trouvait pas le sommeil. Il ferma tout de même les yeux mais les rouvrit bientôt en percevant un bruit soyeux près de lui. C'était la fée de la rivière, c'était Armance en habits bruissants et ruisselants. Elle mit un doigt sur sa bouche pour imposer le

silence au garçon. Puis elle laissa glisser à terre sa robe d'eau et s'allongea sur Loup. Le garçon sentit comme une vague glacée qui le recouvrait des pieds jusqu'à la poitrine. Il allait pousser un cri d'effroi quand la fée, en l'embrassant, le lui rentra dans la bouche. La vague reflua, chaude cette fois. Lorsque le jacquet s'éveilla, Armance avait disparu.
– J'ai envie de respirer le parfum, dit le maître à son serviteur.
Il rendit à Loup sa liberté et dénoua avec précaution le tissu qui recouvrait le flacon.
– Voilà. Prends et ouvre.
Loup hésita. Il pouvait s'emparer du flacon et le jeter dans la rivière. Mais son maître était fort et peut-être armé. Il préféra obéir. Mais à peine eut-il posé le bout des doigts sur le flacon que le liquide rouge se mit à pétiller.
– Quoi ? sursauta le jacquet.
Loup prit le flacon à pleines mains. Le parfum bouillait à gros bouillons et le garçon se mit à rire à grands éclats. Ah, ah ! Cœur sage de quinze ans ne le reste pas longtemps. Ah, ah ! Coucher avec une fée, ça compte, ça compte pour de vrai ! Le jacquet lui arracha le flacon des mains et de rage,

le jeta contre le saule. Quel fracas! Comme si tout un monde de cristal volait en éclats. Le jacquet porta les mains à ses oreilles et s'en fut en courant, poursuivi par le rire du garnement. Quand son maître eut disparu à l'horizon, Loup retrouva son sérieux.

Au moment où le flacon avait éclaté, il n'avait pas vu jaillir le parfum. Sur l'écorce du saule, il n'y avait nulle trace d'un liquide rouge et gras. Loup s'accroupit et tâta l'herbe. Rien. Soudain, il aperçut quelque chose qui brillait non loin de l'eau. Il s'approcha. C'était un étrange caillou rouge. Loup le prit dans sa paume. Il était parsemé d'étincelles. Loup le huma. Pas d'odeur. Le lécha. Pas de goût. Et si le parfum merveilleux avait choisi de se faire caillou? Que faire alors de ce caillou? Puisque c'était le parfum d'une sainte, à ce qu'en avait dit l'abbé, le mieux était de le rendre au monastère.

L'abbé eut une grande joie en voyant le garçon et une plus grande joie en l'écoutant, quoique l'épisode de la fée lui parût un peu obscur.

– Tu t'es délivré d'un mauvais homme, conclut-il. Quant à ce caillou...

L'abbé alla chercher un ciboire et dit :
— Pose-le dans cette coupe.
Puis il regarda affectueusement le garçon :
— Et toi, que vas-tu faire ? Ne veux-tu pas rester au monastère ?
Loup lui fit son tendre sourire d'enfant gâté.
— Oh non ! dit-il. J'aime trop les fées.
L'abbé le laissa donc repartir. Il ne se ressouvint du caillou qu'au moment de se coucher. Il décida qu'il devait le ranger dans quelque coffret précieux. Peut-être pourrait-on laisser dire que c'était là un caillot de sang de Notre Seigneur Jésus Christ ? Non, non, assez de mensonges !
Quand il entra dans le parloir, l'abbé comprit tout de suite qu'un miracle s'était accompli. Il flottait dans l'air un parfum de paradis, le parfum qui enveloppe les harpes des anges et leurs alléluias. L'abbé tomba à genoux. Dans le ciboire, le caillou était redevenu liquide. Geoffroi courut chercher un flacon qui contenait les larmes de Marie-Madeleine. L'abbé était assez bien placé pour savoir qu'il ne s'agissait que d'une eau croupie. Il vida le flacon, le nettoya, puis l'emplit de parfum. Bien qu'il tremblât, pas une goutte ne tomba à côté. Le flacon était en précieux verre d'Italie avec une monture en argent doré, semée

de cabochons grenat. Il avait la même contenance que le flacon d'albâtre. Le liquide ne l'emplissait donc qu'au tiers de sa hauteur.
– Que dois-je en faire ? balbutia l'abbé.
La tentation était grande de garder pour son abbaye cette relique miraculeuse. Mais l'abbé ne s'en crut pas digne.
Le lendemain, il annonça à ses moines qu'il allait partir en pèlerinage à Saint-Jacques-de-Compostelle pour demander pardon à Dieu de ses mensonges. Il y eut des pleurs et des embrassements. L'abbé était sévère, mais il était aimé. Il ne prit qu'une maigre besace pour s'en aller, mais au fond de la besace, il y avait le parfum. Il comptait en faire don à l'église de Compostelle. Quand il eut marché plusieurs heures, sa conscience revint le tourmenter. N'était-ce pas une désertion que de laisser ses moines pour chercher son salut ?
– Ai-je encore mal fait ? soupira le pauvre abbé.
Il fit quelques pas hésitants puis, comme il allait revenir vers son monastère, il entendit dans son dos une voix qui lui disait :
– Tu as bien fait.
L'abbé se retourna, effrayé que quelqu'un l'eût ainsi épié. Mais c'était plus effrayant encore : il

n'y avait personne sur le chemin. L'abbé pensa que sa conscience avait parlé haut et, s'étant ainsi rassuré, il partit demander à Saint-Jacques le pardon de ses péchés.

Dame Quiterie ne resta pas avec son mari. Elle alla chercher refuge avec ses filles chez son frère, le très puissant comte Hugues de la Puisaye. Celui-ci prit fort mal la mésaventure de sa sœur. Il leva une armée et alla assiéger le château de Toucy. Il tua lui-même le baron et fit brûler dame Berthe.

À quelques années de là, un ménestrel passa au château de la Puisaye. Il savait des chansons d'amour et jonglait avec des œufs.

– Loup ! le reconnut Quiterie.

Le jeune homme resta auprès d'elle et épousa Pacqueline. Il eut d'elle six filles et six fils avec la fée Armance. Ni l'abbé ni le jacquet n'arrivèrent à Compostelle. Le faux colporteur trouva d'autres merveilles en chemin. Si plus personne ne sait qui était le jacquet de Troyes, tout le monde connaît l'Enchanteur Merlin. Quant à l'abbé, il mourut dans la montagne, laissant le flacon de parfum à un idiot de village qui passait pour sorcier. Et l'on n'en entendit plus parler.

Le temps des sorcières
1521

Chapitre 10

Loup, le cagot

La sorcière. Elle était là. Loup ne l'avait pas tout de suite distinguée car elle se tenait accroupie dans les herbes hautes, toute ramassée sur ses talons, et disparaissant sous la toison de ses cheveux. Elle était à vingt pas de lui et lui tournait le dos. La masse énorme de la chevelure fascinait le jeune garçon. Emmêlée, pelucheuse, entre foin et fourrure, elle était de l'or le plus chaud, le plus lourd. Loup eut envie de soulever cette vivante draperie comme les pages portent une traîne. Puis il se souvint. La sorcière, on la chasse, on la craint. Elle empoisonne l'air et l'eau. Elle fait crever les bêtes. Il se

baissa pour ramasser une pierre. Il allait viser la tête. Mais la fille se redressa. Elle avait à la main une couronne de fleurs qu'elle était en train de tresser. Elle se retourna et elle vit Loup. Elle posa sur son incroyable crinière sa couronne inachevée et mit les poings aux hanches. Ses jambes nues souillées de boue, ses seins pointant sous les haillons, ses seize ans couronnés, tout faisait d'elle la reine de la forêt.
– Sorcière ! cria Loup en lançant la pierre.
Le sang étoila le front de la fille. Ce fut si soudain, le choc, le sang. Ils prirent peur en même temps et s'enfuirent, elle dans les bois, lui vers le village.
Loup ne ralentit sa course que lorsque le clocher de Saint-Savin fut en vue. Peut-être la sorcière le ferait-elle mourir comme on disait qu'elle avait fait du fils à Jean Debat ? Loup s'engagea sur le pont en dos d'âne. Ce n'était pas le chemin de sa maison, mais celui du village. Un cri jaillit :
– Cagot[1] !
La pierre suivit l'insulte. Loup porta la main au

---

[1]. Nom donné à ceux qui étaient considérés – à tort – comme des descendants des lépreux.

front. Touché. Les enfants sortirent de derrière le parapet en hurlant :
– Cagot, chien de Goth ! Tu ne passeras pas le pont !
De fait, ils l'obligeaient à reculer, lui lançant de la boue et des cailloux. C'étaient les enfants de Saint-Savin, ceux que Loup ne pouvait pas fréquenter. Marcou, Pierre et Johan, il les connaissait. Sur chaque visage, il pouvait mettre un nom. Du fond de l'église, quand il allait à la messe, il les observait.
– Crevez ! hurla-t-il. Crevez, vous, vos pères et mères !
Il courut vers sa maison. Elle n'était pas très éloignée de Saint-Savin, à un jet d'arbalète tout au plus. Mais passé le puits, aucun enfant du village n'oserait s'aventurer. Là commençait la cagoterie. Ce n'étaient que quelques maisons aux longs toits en pente et deux ou trois jardins potagers. Mais là, Loup le cagot était en sûreté.

Avant d'entrer chez son père, le garçon voulut effacer les traces du traquenard. Il alla à la fontaine, celle où aucun villageois ne venait chercher de l'eau, car c'était la fontaine à cagots. Son front avait saigné. Il portait à la tempe une petite plaie étoilée. Il se lava posément les mains, les avant-bras, le visage. Le jeune apprenti charpentier n'était pas vraiment pressé de rentrer chez lui. Son père avait toujours quelque service à lui demander, fendre des bûches, réparer la brouette, raboter des planches...

Loup finissait sa toilette quand il vit trois hommes entrer dans la cagoterie. Jean Debat, celui qui avait perdu un fils, allait devant avec sa tête des dimanches et fêtes carillonnées. Les deux autres villageois avaient peur et gardaient leurs mains devant la bouche, par crainte d'être contaminés. Il est connu que les cagots empoisonnent l'air qu'ils respirent.

– Ho, Jean Mailhoc ! Sors de chez toi ! cria Jean Debat avec le ton d'autorité du marguillier[2].

Jean Mailhoc sortit sur son pas de porte. C'était un géant blond qui avait, de ses énormes pognes, construit tout ce que le proche pays comptait de charpentes, de ponts, de halles et de clochers.

– Qu'il n'avance pas davantage ! fit un des peureux.

2. Important personnage de la paroisse.

— Tiens-toi où tu es ! ordonna Jean Debat. Nous sommes venus ici te rappeler que tu es cagot, que tu n'as pas à porter les bottes et le manteau, comme tu l'as fait au dernier dimanche. Ton fils ne doit pas s'approcher de nos enfants et ta femme n'a pas à mettre la main dans notre bénitier.
Malgré l'interdiction, Jean Mailhoc s'était avancé de deux pas lourds et balancés.
— Que me reproches-tu, Jean Debat ? Le toit de ta maison s'est écroulé ? Le bois de ton lit a cédé ?
— Non, non, protesta le marguillier. Tu es bon ouvrier et pour tout cela, je t'ai payé. Mais vous avez vos maisons, vous autres, votre cimetière, votre place au fond de l'église et votre bénitier. Les Francs et les cagots, ça ne se peut mélanger.
Jean Mailhoc tendit vers le marguillier sa grosse main ouverte :
— Tope-la, dit-il.
Debat regarda la main avec effarement.
— J'ai fait ton lit, s'amusa le géant, et tu ne peux pas toucher ma main ?
— Mais tu sais bien, Mailhoc, tu sais bien...
— Qu'est-ce que je sais ?
Ils étaient si près l'un de l'autre que Jean Debat crut sentir l'haleine nauséabonde du cagot.

— Je t'ai avisé, Mailhoc, dit-il en reculant. S'il t'arrive malheur, ou à ta femme ou à ton fils...
— Laisse là ma femme et mon fils, répondit le charpentier, le regard soudainement mauvais. Ton fils est mort, Jean Debat, et ta femme te fait des cornes.
Cinglé par l'insulte, le marguillier laissa libre cours à sa haine jalouse :
— Tu crèveras, Mailhoc, et ta femme et ton fils crèveront ! Le ver est dans le fruit.
Les deux autres villageois tirèrent Debat par son habit. Les cagots, il faut les remettre à leur place, il ne faut pas les provoquer.
— J'ai prévenu les juges du Parlement de Bordeaux ! cria le marguillier, toujours se reculant. J'ai fait dire que les cagots de Saint-Savin ne respectent pas les fors[3] du Béarn. Si ta femme souille encore notre bénitier, nos femmes la battront. Si ton fils marche encore pieds nus dans nos rues, nos fils lui perceront les pieds.
— Tu n'as plus de fils !
— Ils lui perceront les pieds ! hurla Jean Debat.

---

3. Ensemble de lois où étaient précisées toutes les interdictions faites aux cagots.

Les deux hommes allaient s'empoigner. Mais la peur de toucher un lépreux fut plus forte chez le marguillier que la haine qu'il en avait. Il tourna brusquement les talons. Loup cracha dans sa direction puis disparut dans sa maison.

Dans la grande pièce sombre et fraîche, Tiénette Mailhoc se tenait assise à la table, immobile derrière son tas de pois à écosser. Elle était cagote comme son mari, puisque les cagots, réputés lépreux, ne peuvent se marier qu'entre eux. Mais autant son mari était robuste, autant elle semblait frêle et déjà creusée par l'âge.
— Ce Debat! lança Jean Mailhoc en entrant à son tour dans la salle. Il crève d'envie parce que les fruits et les légumes nous viennent bien au jardin. Sa femme le trompe, son fils meurt. Qu'est-ce que j'y peux, moi, s'il a le mauvais œil?
— Tu l'as entendu? dit sa femme d'une voix plaintive. Il a prévenu les juges...
— Que les juges viennent et qu'ils voient l'injustice qu'on nous fait!
Loup observait en silence ses parents. Sa mère geignarde et son père conquérant. Jean Mailhoc

réussissait tout ce qu'il entreprenait, mais il traînait après lui cette petite femme au teint gris sur laquelle la mort n'avait pas trouvé prise. Mais non plus la vie.
— Enfin, Tiénette ! la bouscula son mari. Tu sais bien qu'ils mentent quand ils disent que nous sommes lépreux en dedans ? Nous ne sommes lépreux ni dehors ni dedans. Mon père n'était pas lépreux, mon grand-père n'était pas lépreux.
— Je ne le suis pas ! s'écria Loup.
Il était blond, grand, beau et, sous le vêtement, il avait la peau blanche et douce. Mais justement, on sait que les cagots sont beaux et bien faits. La lèpre se cache en eux, elle pourrit leur sang et rend puante leur haleine.
— Des mensonges, tout cela, affirma Jean Mailhoc.
Tiénette se tassa sur son banc. Puis encouragée par la pénombre, lentement, honteusement, elle releva la manche qui lui couvrait le bras droit. Son mari la regarda faire. Tiénette avait la peau déjà flétrie d'une vieille paysanne. Elle retroussa sa manche jusqu'au coude. Sur la peau tannée de l'avant-bras s'étalait une tache rosâtre et répugnante. On devinait qu'elle allait continuer sa progression monstrueuse, s'élargir, s'allonger et creuser dans la chair.

– Cache ça, dit Mailhoc, saisi d'épouvante.
Mais c'était trop tard. Loup avait vu et il avait compris. La lèpre ne se cachait plus. La lèpre était sortie. Alors, Loup eut horreur de lui et de sa lèpre rentrée.
Loup n'avait que quinze ans et l'envie d'être vivant. Sans qu'il y eût cruauté de sa part, les jours suivants, il évita sa mère et fit de longues courses en montagne. Son père ne le retint pas. L'eau, l'air, le soleil de ce mois de juin 1521 étaient autant de promesses de belle et bonne santé.
Un soir, Loup revint par la maison de la sorcière. Elle habitait au bord du torrent. Elle s'était construit elle-même un abri de galets, de mousse et de branchages. L'an passé, à la même époque, elle vivait encore à Saint-Savin avec sa mère, dans la dernière maison avant les champs. Mais les villageois y avaient mis le feu, tuant la mère et laissant s'échapper celle qu'ils appelaient « la fille de la sorcière ». Loup ignorait qu'elle eût un nom. Désormais, la fille était la sorcière à la place de la mère. Dès qu'un malheur s'abattait sur Saint-Savin, les villageois tournaient leurs regards vers la forêt, mais ils n'osaient y aller. La fille était trop jeune et d'une beauté qui les terrifiait. Jean Debat disait qu'il suffisait d'attendre. Le premier

hiver avait fatigué la fille. La solitude, la faim, les grands froids auraient bientôt raison de sa beauté et feraient d'elle une sorcière à demi folle, à la bouche édentée.
Loup avait pris un gros bâton pour s'approcher de la cabane. Si la fille était là, il la rosserait. Comme ça, pour rien. Parce qu'elle était sorcière et qu'il était cagot. Mais la cabane était vide. Le jour y pleuvait par le toit de branchages. L'apprenti charpentier en eut un sourire de pitié. Au milieu de la pièce, il y avait une énorme souche d'arbre. La sorcière y avait posé un mortier, des bols pleins de poudre noirâtre et des fleurs déchiquetées. Dans un coin, elle avait entassé ses trésors : un chaudron, un balai de genêt, des perles de verre, une patte de lapin et la crête d'un coq. La sorcière ne se cachait pas de ce qu'elle était. Elle usait de charmes et de maléfices. Elle composait des poisons avec le fétide géranium et la digitale pourprée. Elle endormait la souffrance avec le pavot des champs. Sur une planche de bois, elle avait posé quantité d'ignobles petits pots de pommades graisseuses et de drogues mortelles. Loup les souleva un à un, en grimaçant de dégoût.
L'un des récipients l'intrigua car il ne ressemblait pas aux autres. C'était un joli flacon de verre.

Dans son ignorance, Loup crut que sa monture était d'or pur et il prit les cabochons grenat pour des rubis. Alors que tous les pots étaient pleins à ras bord, ce flacon ne contenait qu'un quart de liquide rouge et huileux. En le déplaçant, Loup avait fait tomber un petit morceau de parchemin roulé sur lui-même. Il le ramassa et le mit en hâte dans son escarcelle. Puis après avoir guetté les bruits du dehors, il s'enhardit jusqu'à déboucher le flacon. Ce fut comme s'il venait de délivrer l'Esprit de la forêt. Une odeur de résine et d'aiguilles de pin s'échappa du goulot en une volute ensoleillée. Le cèdre, le bouleau, le chêne et le cyprès sortirent ensuite du flacon, comme désensorcelés, et tout là-haut, près des nuées, le santal mystique couronna la forêt. Loup, terrifié, s'empressa de reboucher le flacon et de le reposer. Oui, la fille était sorcière et il fallait fuir avant qu'elle ne... Trop tard ! Elle était là, à demi ensevelie sous sa toison d'or et dardant sur lui ses yeux de porte-malheur.

– Que viens-tu chercher ? dit-elle.

– Rien. Laisse-moi aller.

Il ne songeait plus à la frapper. Le bâton pendait au bout de son bras.

– Cagot !

– Sorcière !
Les insultes se croisèrent.
– Chien de Goth !
– Catin !
La sorcière s'effaça pour laisser passer le cagot
Ils avaient même plaie au front, même lézarde au cœur. Ils se haïssaient pour rien.

Chapitre 11

« La lèpre ! La lèpre ! »

Pierre de Langres se demandait bien quelle sorte de médecin on lui avait adjoint. Depuis deux jours, le magistrat faisait route vers Saint-Savin sans avoir pu percer le mystère de celui qui se faisait appeler Maître Vital. Le médecin était natif de Paris. On disait qu'il était médecin de François Ier et que toutes les grandes dames se l'arrachaient. Pierre de Langres, chevauchant à côté de Maître Vital, lui jeta un bref coup d'œil. Le médecin, qui avait dépassé la quarantaine, était encore beau cavalier. Qu'était-il venu faire à Bordeaux ? Pourquoi avait-il accepté la mission du Parlement ?

D'amour et de sang

— Hmm, hmm, dit le magistrat, encore une belle matinée...
— En effet, répondit Vital, avec le sourire lointain qui ne le quittait jamais.
— Avez-vous déjà visité des cagots ?
— Non. Et je suis curieux de le faire.
C'était peut-être la clef du mystère : Maître Vital était curieux. Il avait laissé la vie de cour pour voir le monde. Un original, en somme. Langres n'aimait pas beaucoup cela.
— Vous verrez, reprit le magistrat sur le ton de celui qui en sait long, les cagots sont aisés à reconnaître. La plupart sont grands et blonds. On dit qu'ils sont descendants des Goths.
— Des Goths ? répéta le médecin avec un étonnement à peine perceptible.
— Mais certains sont petits et bruns. Ceux-là descendent des Sarrasins.
— Des Sarrasins ? répéta Maître Vital sur le même ton.
— Les cagots, poursuivit le magistrat avec assurance, ont le lobe de l'oreille collé au cou et la main en crochet. Ils prétendent qu'ils ne sont pas lépreux et qu'on leur fait tort en les tenant isolés. C'est que chez eux la lèpre se tient cachée. C'est

lèpre blanche qui les ronge en dedans et leur chauffe le sang. S'ils prennent une pomme dans leur main fermée, en une heure, elle est toute desséchée...

– En vérité ? Que de merveilles vous me promettez ! s'exclama le médecin.

Le rouge de la colère envahit le visage du magistrat. Il venait de comprendre que Maître Vital se moquait. Vexé, Langres se tut pendant le reste de la matinée. Mais au repas, le bavard ne put se retenir de jaser :

– Le marguillier qui a réclamé notre secours, un certain Jean Debat, m'a assuré que nous aurions fort à faire à Saint-Savin.

Clignant ses petits yeux pleins de vice, le magistrat demanda :

– Avez-vous visité des sorcières, Maître Vital ?

Le médecin secoua nonchalamment la tête.

– Moi, j'ai déjà assisté un chirurgien qui cherchait la marque du Diable.

Sentant la répulsion du médecin, Langres insista :

– Vous savez, on enfonce des aiguilles bien profond dans le corps des sorcières pour trouver l'endroit où le Diable a posé son doigt. C'est

extraordinaire ce que ces femelles peuvent crier !
Le sourire distant du médecin était parcouru de frémissements. Langres ajouta dans un ricanement :
– Il paraît qu'ils ont une sorcière de seize ans à Saint-Savin. Je serai « curieux » de la visiter.
Maître Vital songea alors qu'il avait un homme dangereux pour compagnon. L'amusement qu'il s'était promis de ce voyage ne serait pas bien grand.

À Saint-Savin, tout ce que le village comportait de notables se tenait sur la place de l'église. Jean Debat s'avança vers les deux voyageurs et les salua :
– Vous devez être las. Les chemins sont éprouvants. Venez vous restaurer dans ma maison. Maître Vital, c'est un honneur pour nous de... de...
Le marguillier bredouilla encore quelques mots, décontenancé par le silence souriant du médecin. Il se rattrapa en faisant force politesses au magistrat :
– Buvez, buvez, dit-il à Langres en lui tendant un gobelet. Ce n'est qu'un petit vin, mais il vous rafraîchira.

Le médecin sortit brusquement de son mutisme :
— Ces cagots, dit-il, que leur reprochez-vous ?
Jean Debat lui jeta un regard de méfiance. Ennemi ou allié ? Comme il ne pouvait se prononcer, il commença avec prudence :
— Nous n'aurions rien à leur reprocher s'ils respectaient les fors du Béarn. Ce sont des lépreux, comme vous le savez...
— Non, je ne le sais pas, l'interrompit Maître Vital.
Il souriait toujours, mais il avait la voix brève.
— Mais vous... vous l'allez voir, bredouilla Jean Debat.
Il se tourna vers le magistrat qui le rassura d'un signe de tête.
— Maître Vital va visiter les cagots, dit Langres. Je l'ai averti qu'ils sont malades de lèpre blanche et...
— La lèpre blanche est fable de vieille femme, interrompit une nouvelle fois le médecin.
Il y eut un grand froid autour de la table. En quelques minutes, Maître Vital avait réussi ce tour de force de se faire autant d'ennemis que le village comptait de notables.

Tout le monde se déplaça vers la cagoterie comme si c'était jour de procession. Le marguillier allait devant, tenant compagnie au magistrat.
– Nous avons cinq familles de cagots, expliqua-t-il comme s'il se fût agi d'animaux. Couture, Gahet, Ducasse, Casenave et Mailhoc. Jean Mailhoc est le pire de tous. Il entre dans les boutiques, il touche les aliments au lieu qu'il les montre avec sa baguette et il parle aux gens !
Langres prit un air contrarié. Les cagots enfermés et les sorcières au bûcher : telle était son opinion. Tout le village franchit le pont. La plupart des habitants entraient pour la première fois dans la cagoterie. L'un d'entre eux mit la main devant sa bouche et, peu à peu, tous l'imitèrent. Jean Mailhoc et son fils, prévenus de la visite, étaient sortis de leur maison. Ils avaient la même pose, les mains dans le dos, les jambes écartées. Ils étaient magnifiques de santé.
– Voilà donc nos lépreux, fit le médecin à mi-voix.
Puis se tournant vers la foule, il s'écria :
– Ces gens ne sont point monstres à venir admirer. Aussi je vous demande de vous en retourner.
Lui-même entra chez Jean Mailhoc, suivi du magistrat et du marguillier. Du regard, Maître

Vital inspecta la salle. Elle lui parut propre et bien tenue.
– Jean Mailhoc, dit-il, je suis médecin du roi. Vous êtes suspect de ladrerie[1] et je dois en juger.
Il avait parlé froidement comme un homme qui se doit à la science. Il attira le charpentier vers la fenêtre puis lui fit mettre le visage de profil.
– Le lobe de l'oreille collé au cou? dit-il suffisamment haut pour que le magistrat entendît.
L'oreille de Mailhoc était parfaitement conformée. Le médecin lui fit ouvrir ses gros poings serrés.
– Les mains en forme de crochets? dit-il, toujours interrogatif.
– La... la lèpre, bredouilla le marguillier, est chez certains moins avancée que... que..
– Que la sottise chez d'autres, compléta tranquillement le médecin. Dévêtez-vous, Jean Mailhoc.
Malgré la honte qu'il en éprouva, le charpentier se dénuda et sentit sur lui les regards qui le dévoraient, cherchant la trace de la maladie, macule ou papule[2]... Mais sur Mailhoc, nulle autre trace que celle du temps qui passe.

1. Autre nom de la lèpre.
2. Tache, lésion de la peau.

– Si cet homme est lépreux, je veux bien l'être aussi, dit Maître Vital.
Cette conclusion était si inattendue que le jeune Loup éclata de rire. Le médecin lui jeta un regard de réprobation.
– Viens, toi, lui dit-il durement.
Le garçon s'approcha, intimidé, et dut se soumettre au même examen. Il se dénuda en rougissant, mais soutint le regard du médecin. Il était gracieux comme un prince d'Aquitaine. Le démon de la haine mordit Jean Debat au cœur. Le fils qu'il avait perdu aurait eu l'âge de ce garçon. Les lèvres de Maître Vital tremblaient, agitées d'un mauvais tic. Lui aussi avait eu un fils que son art n'avait pu sauver. Il avait détesté Loup dès qu'il l'avait entendu rire.
– Il est sain, dit-il en se détournant. Sortons.
Jean Debat allait obéir, mais il se souvint.
– Attendez ! Attendez ! Il y a la femme. Où est ta femme, Mailhoc ?
– Par la Vierge, notre mère à tous, ne peux-tu laisser ma femme en repos ? s'écria Jean Mailhoc.
Mais sa voix désespérée le trahit.
– Où est ta femme ? questionna à son tour le magistrat de Bordeaux.

Un sanglot lui répondit. Tiénette Mailhoc pleurait dans un coin d'ombre. Son mari lui avait dit de se cacher au grenier, mais elle en était descendue. Elle se jeta aux pieds du médecin :
– Sauvez-moi, sauvez-moi !
Maître Vital voulut la repousser, mais elle s'agrippait à ses vêtements en sanglotant. Le magistrat et le marguillier la forcèrent à se relever. Elle avait l'air égaré d'une femme que la folie guette. Jean Mailhoc n'avait pas fait un geste, pas dit un mot, le cœur broyé par la honte.
– Regardez, mais regardez ! s'écria soudain Jean Debat, horrifié.
La tache monstrueuse avait encore progressé et s'était épaissie, de sorte que c'était une croûte rosâtre qui couvrait l'avant-bras.
– La lèpre ! La lèpre ! cria le marguillier en se reculant.
Le médecin fit une moue et commença l'examen, sans se soucier ni des cris de l'un ni des pleurs de l'autre. Il n'avait nulle pitié pour cette femme geignarde. Il avait trop pleuré sur lui pour pleurer sur autrui. Il palpa Tiénette au visage, tira sur les cheveux, scruta l'œil, fit ouvrir la bouche, sentit l'haleine, tâta le pouls.

– Elle n'a point d'autre signe de lèpre, dit-il prudemment.
– Quoi ? sursauta le magistrat. Mais le bras...
– ... est attaqué par un chancre, compléta Maître Vital. Je dois faire un examen de l'urine et du sang. Les lépreux ont le sang gros et noir et l'urine épaisse comme celle d'une jument.
Mais pendant que le médecin argumentait, le marguillier avait couru au village, ameutant les gens par son cri :
– La lèpre ! La lèpre !
Jean Debat tenait sa vengeance. La femme Mailhoc allait être chassée du village et enfermée avec les lépreux. À la cagoterie, Tiénette s'était de nouveau agenouillée devant le médecin :
– Dites-leur que je ne suis pas ladre ! le supplia-t-elle.
Être enfermée dans une maladrerie[3], c'était pire qu'être mise toute vive au tombeau. Maître Vital le savait bien. D'une secousse, il repoussa la vieille et sortit se laver les mains. Loup le regarda faire. Il n'y avait rien à espérer de ce médecin. Quant à Jean Mailhoc, lui qui avait bâti tout le

---

3. Hôpital où l'on enfermait les lépreux.

pays, il s'était brusquement effondré. Loup ne pouvait compter que sur lui. Et sur la sorcière.
Le garçon prit un bâton et courut vers la cabane, au bord du torrent. Quand il y entra, la fille était accroupie devant la souche de bois.
– Debout, sorcière ! cria Loup en brandissant le bâton.
Loup croyait qu'elle était en train de se livrer à quelque diablerie. Mais il vit, quand elle se fut redressée, qu'elle avait seulement pleuré. Peut-être se servait-elle de ses larmes pour fabriquer des sortilèges ?
– Que me veux-tu encore ? dit-elle, d'une voix lasse.
– Ma mère est ladre. Je veux que tu la guérisses.
La fille secoua sa toison d'or.
– Si tu refuses, je te battrai à mort.
Il avait de nouveau levé le bâton. La fille eut envie de lui dire : « Je ne suis pas sorcière. Tout ce que tu vois ici appartenait à ma mère et je l'ai pris dans les ruines de ma maison, après l'incendie. » Mais il ne l'aurait pas crue. Elle haussa une épaule puis alla tripoter les pots d'onguents, en souleva un, le renifla, le reposa. Elle en prit un autre, fit semblant de réfléchir, le reposa. Elle attrapa le flacon de verre, le mit à la lumière et fit

glouglouter le liquide rouge. Loup l'observait, les sourcils froncés.
– Alors ? dit-il. Tu veux que je t'aide du bâton ?
La fille reposa le flacon et se décida pour une immonde pommade vert pâle. Elle la tendit au garçon. Leurs mains se frôlèrent. Loup lâcha le bâton et renifla le pot. Il puait l'ail.
– Si tu t'es moquée, je reviendrai te tuer, dit-il à mi-voix.
Il était tout près d'elle et sentait la chaleur de sa lourde toison. Il n'y put tenir et souleva d'une main la belle draperie de cheveux. Surpris, ils se regardèrent tous deux.
– J'ai nom Margot, dit la fille.
– Margot, répéta le garçon.
La sorcière posa la main sur les lèvres du cagot puis, du bout des doigts, elle caressa sa joue, son cou. Loup n'avait jamais senti tel frisson par tout le corps.
– Sorcière, murmura-t-il, effaré.
– Margot, rectifia la sorcière.
Loup partit en courant.

Quand il arriva près de Saint-Savin, il comprit que les événements se précipitaient. Il y avait foule

sur le pont et autour de la fontaine à cagots, foule aussi devant sa maison. Le marguillier et le magistrat étaient là, mais aussi le prêtre et les sergents. Maître Vital, se départant de sa nonchalance, parlait haut et fort :
— Cette femme n'est pas lépreuse ! criait-il. Aucun des cagots que j'ai visités ne l'est.
— Tu mens ! hurla un gueux. Regarde la lèpre sur son bras !
— C'est une maladie de la peau, voulut expliquer le médecin. Peut-être les eaux de Cautarès la guériront ?
Des cris et des moqueries lui répondirent. Quelques cailloux fusèrent. Loup chercha son père des yeux. Jean Mailhoc se tenait voûté, la tête basse. Tiénette Mailhoc pleurait. Quand les sergents s'approchèrent d'elle pour l'emmener, elle se mit à hurler de terreur. Comme elle se débattait, ils prirent une corde pour lui lier les mains. Alors, Loup fendit la foule.
— Laissez ma mère !
Une main le happa au passage. C'était Maître Vital. Loup voulut se dégager, mais le médecin était d'une force peu commune.
Il retint Loup à pleins bras puis le serra contre lui. Tiénette Mailhoc hurla :

— Loup, sauve-moi, sauve-moi!
Loup cria : «Maman!», puis se mit à sangloter, la tête contre l'épaule du médecin.
— Maman, maman, répéta-t-il tout bas.
Le cœur de Maître Vital se gonfla soudain de chagrin. Il serra plus fort le garçon contre lui et lui parla à l'oreille :
— Ne regarde pas, n'écoute pas. Je suis là. Je t'aiderai. Tu es jeune. Tu as la vie pour oublier.
La foule s'éloignait, suivant Tiénette Mailhoc. Les sergents allaient l'emmener à la maladrerie de Carbon Blanc à Bordeaux, les mains liées comme une criminelle. C'était un spectacle dont Jean Debat se repaissait, marchant gravement sur le chemin au côté du magistrat.
Devant la fontaine à cagots, Maître Vital berçait contre lui un garçon dont il se prenait à rêver qu'il était le sien. Il allait l'emmener avec lui, il lui apprendrait son métier, il lui léguerait tous ses biens et, quand il serait vieux, il y aurait autour de lui des bataillons d'enfants que la mort ne lui prendrait pas.
— Viens, Loup, dit soudain une voix.
Le médecin sursauta. Loup s'écarta de lui, en essuyant les dernières larmes.

— Viens, répéta la voix brisée de Jean Mailhoc.
Loup interrogea Maître Vital du regard.
— Va, dit le médecin.
Pendant quelques secondes, il avait cru à son rêve. Maintenant, il savait qu'il avait rêvé pour rien.

Chapitre 12

Maître Vital

La nuit suivante, un orage effroyable roula dans la vallée, éveillant tous les échos de la montagne. Loup qui ne dormait pas croyait entendre pleurer sa mère au cœur de la tempête. Puis la nuit céda la place à l'aurore grelottante. Loup repensa à la pommade vert pâle de la sorcière. Il n'avait pas eu le temps d'en faire usage. Il plongea la main dans son escarcelle. Il en sortit le pot et, en même temps, il fit tomber à terre un bout de parchemin enroulé sur lui-même comme un copeau de bois. Loup savait lire et, dès qu'il voyait quelques mots écrits, sur

une tombe ou sur un vitrail, il s'entraînait à les déchiffrer. Il déroula le parchemin, qui était couvert d'une écriture à demi effacée. En y appliquant toute son attention, Loup parvint à lire ceci :
« Moi Geof...i ab.é de Véz..ay sain .. cor.. et d'espr.. lègue à l'ég..se Sai..Jacques de Comp...... le parfu. de Sainte M... Madelein. parf.m trè. authen..... et mirac.leux »
C'était un testament, le testament de l'abbé Geoffroi de Vézelay. Loup se souvenait très bien que, dans la cabane de la sorcière, il avait déplacé un flacon de verre et fait tomber le parchemin. Le parfum « miraculeux » dont il était question ne pouvait être que le liquide rouge aux puissantes senteurs forestières. La sorcière avait hésité à le lui donner. C'était donc de force qu'il le lui prendrait. Cheminant vers la cabane, Loup remarqua au passage les champs de seigle et de blé couchés par la grêle et les arbres foudroyés. C'était un désastre pour les habitants de Saint-Savin, et Loup ne put s'empêcher d'y voir une punition du ciel.
– Margot, murmura le garçon.
La cabane s'était effondrée et toutes les richesses de la sorcière s'étaient dispersées au vent.
– Margot ! appela le garçon. Viens, je ne te ferai pas de mal !

Il finit par découvrir, tapie sous les sapins, la petite sorcière aux yeux agrandis par la terreur. Elle grelottait de fièvre, ayant passé la nuit en pleine tempête.
– Viens, viens, l'encouragea Loup, se mettant à genoux devant les sapins.
La petite sorcière malade sortit de son antre improvisé. Toute barbouillée de larmes et de pluie, crottée de la tête aux pieds, elle était pitoyable. Loup eut pour elle le geste qu'avait fait Maître Vital. Il la serra contre lui.
– Margot, as-tu tout perdu dans la tempête ?
Un bref sanglot lui répondit.
– Margot, il y avait au milieu de tes pots un flacon de verre, te souviens-tu ?
Margot regarda Loup avec étonnement. Elle disparut sous les sapins puis revint, le flacon à la main.
– C'est la seule chose qui me reste.
Il était intact. Le liquide rouge brillait comme un rubis traversé par la lumière, faisant paraître ternes les cabochons grenat.
– Donne-moi ce flacon, Margot. Ce parfum est miraculeux. Il me le faut pour guérir ma mère.
– Que me donnes-tu en échange ? demanda timidement la petite sorcière.

Loup pensa confusément : « ma vie, mon cœur, mon âme » mais, comme c'était trop difficile à dire, il posa la main sur les lèvres de Margot. Elle fit de même. La fièvre qui brûlait Margot fit frissonner le cagot.
— Il y a un médecin à Saint-Savin, dit Loup. Il va venir te soigner.
Il n'en était pas sûr du tout. Peut-être Maître Vital avait-il peur des sorcières ?

Quand il arriva au pont en dos d'âne, Loup vit que le village était de nouveau en émoi. Les potagers, les arbres fruitiers, les récoltes, tout était gâté. Les habitants de Saint-Savin savaient que l'hiver à venir serait un temps de mort et de famine. Le marguillier regarda d'un air sombre la forêt. La sorcière ! Cette fois, elle allait payer. Loup comprit que Margot était en grand danger. Il courut à la recherche de Maître Vital. Il le trouva prêt au départ, en train de seller son cheval.
— Maître Vital ! Ne partez pas... Ils vont tuer Margot ! Ils disent qu'elle est sorcière mais moi, je...
Devant l'impossible aveu, Loup porta les mains à

son cœur. Un triste sourire passa sur les lèvres du médecin.
– Ta Margot n'est pas sorcière, dit-il. Il n'y a ni Diable ni...
Sans achever, il leva les yeux au ciel puis, avec cette dureté qui le prenait parfois :
– Alors, fit-il, le cagot aime la sorcière ?
– Vous avez promis de m'aider, hier. Avez-vous menti ?
Maître Vital avait verrouillé son cœur depuis des années, mais Loup avait trouvé la clef.
– Que veux-tu de moi ? demanda le médecin.
Une heure plus tard, Loup filait vers Bordeaux sur le cheval de Maître Vital.

Dès que la route l'avait permis, les sergents avaient fait monter Tiénette Mailhoc dans une charrette. Elle était incapable de marcher longtemps et incapable de tenir en selle. Le mauvais temps les avait retardés et, quand Loup les prit en chasse, les sergents et leur prisonnière n'avaient sur lui que quelques lieues d'avance. Mais ils arrivèrent les premiers à la maladrerie et ils confièrent Tiénette Mailhoc aux frères hospitaliers de Saint-Lazare.

D'après ce que Maître Vital avait expliqué à Loup, les lépreux n'étaient pas tous enfermés à la maladrerie de Carbon Blanc. Certains, mêlés à des voleurs et des prostituées, vivaient à Bordeaux même, dans les ruines du palais Galien. Aucun honnête bourgeois n'osait s'aventurer parmi les décombres de l'antique amphithéâtre. On pouvait y perdre sa bourse ou sa vie. C'est pourtant là que Loup dirigea ses pas. Il attendit le crépuscule pour se glisser sous les arcades. Parmi les ombres inquiétantes, il rechercha la silhouette encapuchonnée d'un lépreux. Deux claquements secs le firent se retourner. Un mendiant lépreux revenait au logis en secouant sa cliquette[1].

– Charité, Dieu vous le rendra, marmonnait-il par habitude.

À peine pouvait-il encore articuler ces mots de sa voix rauque. Malgré sa répugnance, Loup l'arrêta en le tirant par la manche. Aussitôt, le ladre sortit sa dague. C'était un faux lépreux qui se teignait de rouge le visage et contrefaisait sa voix.

– Holà, l'homme, doucement ! protesta Loup. Je veux juste t'acheter tes vêtements.

---

1. Sorte de crécelle qui faisait s'éloigner les gens des lépreux.

Loup avait du bon argent et le faux ladre lui céda le capuchon et la cliquette. Il lui montra même comment s'entortiller le cou d'un linge pour faire monter le sang au visage et provoquer l'enrouement.

Le lendemain, Loup ainsi déguisé et agitant sa cliquette se joignit à quelques lépreux qui revenaient d'avoir mendié. Il passa avec eux le seuil de la maladrerie sans savoir qu'il poussait la porte de l'enfer. Car à l'abri derrière les murs, les ladres de Carbon Blanc baissaient le capuchon, exposant à la vue leurs pustules en grappes pendantes et leur nez sans cartilage. L'un n'avait plus que deux doigts à chaque main et deux phalanges à chaque doigt. L'autre avait les pieds percés d'énormes abcès noirs et suppurants. Un autre encore se traînait au sol, les moignons qu'il avait aux pieds ne lui permettant plus de se redresser. Le regard fixe et enflammé, il répétait :

– Charité... Dieu l'rendra.

Loup dut attendre l'heure des vêpres pour apercevoir sa mère au milieu d'un misérable troupeau de femmes mangées de dartres et de gale. Dans la pénombre de la chapelle, les ladres mêlèrent leurs plaintes rauques au chant des moines. Mais les

frères hospitaliers de Saint-Lazare avaient beau déverser sur l'assemblée toute la fumée de leurs encensoirs, c'était une abominable odeur de chair putréfiée qui montait vers le ciel.
Loup rampa jusqu'à sa mère et attira son attention en toussotant. Tiénette Mailhoc était déjà si proche de l'anéantissement qu'elle réagit à peine en apercevant Loup. Peut-être crut-elle avoir quelque délire de fièvre ?
— Maman, chuchota Loup.
Ce simple mot raviva quelque chose dans son regard.
— C'est toi ? dit-elle.
Loup, qui avait sorti le flacon de son escarcelle, le déboucha. Sur le bras de sa mère que la gangrène avait gagné, Loup laissa tomber une goutte, deux gouttes de parfum. Toutes les senteurs fraîches de l'enfance, la citronnelle et la prune cuite, la lavande glissée entre les draps et la fleur d'oranger, balayèrent les miasmes de la chapelle. Le parfum monta sur les voix des moines, flotta un instant à hauteur de la voûte puis retomba sur le peuple des ladres en une lourde nappe opiacée. Tous les lépreux bâillèrent au lieu de chanter et quand ils posèrent la tête sur

le dallage, ils lui trouvèrent la douceur du sein maternel.

À ce moment-là, Loup et sa mère étaient déjà loin, galopant sur le cheval de Maître Vital.

Après le départ de Loup, Maître Vital avait parlé aux cagots et aux villageois, cherchant à calmer les esprits. Mais dans son dos, Jean Debat boutait le feu aux cœurs[2] :

– La sorcière a fait grêler sur nos champs, disait-il. Elle est meneuse de nuées.

Pierre de Langres l'approuvait en clignant des yeux. Que cette fille lui tombe entre les mains et l'on rirait bien.

Un matin, Maître Vital partit, lourdement chargé, vers la montagne. Il emportait de quoi nourrir et de quoi soigner la petite sorcière. Quand il arriva près du torrent, il n'y trouva pas Margot. Mais Loup l'avait prévenu. Maître Vital s'enfonça donc dans la forêt et découvrit la sorcière sous le

---

2. Exciter la hargne.

couvert des sapins, grelottant sur un lit d'aiguilles. Il prit la fille dans ses bras, s'émerveillant en silence de sa beauté. Il l'assit contre lui au soleil et la nourrit à la becquée. Elle se laissait faire, à la fois farouche et abandonnée.
– Vous n'avez pas peur de moi ? demanda-t-elle d'une petite voix.
Maître Vital se contenta de rire.
– Ils disent que j'ai fait pacte avec les démons...
– Les seuls démons que je connaisse sont dans mon cœur.
Comme il prononçait ces mots, Maître Vital sentit dans sa poitrine une douleur qui la soulevait.
Sa jeune femme. Son fils si petit. Ils étaient là. Morts mais vivants. Vivants mais morts.
– J'ai de quoi te soigner, dit Vital en faisant effort sur lui. Tu vois, moi aussi, je suis sorcier.
Il composait lui-même ses potions, dosant la belladone et la centaurée dans de justes proportions.
– Vous êtes triste, dit la petite sorcière en posant sa main brûlante sur la main glacée du médecin.
Il était triste, mais son rêve l'avait repris. Il sauverait Loup et Margot, il les emmènerait avec lui et il peuplerait sa vieillesse de petits enfants blonds.
– Les chiens, murmura Margot.

Le médecin dressa l'oreille. Dans le lointain, des chiens aboyaient, non pas comme des bêtes qui se répondent d'une métairie à l'autre, mais comme une meute prête à la chasse. La chasse à la sorcière. Vital reprit la fille dans ses bras et disparut avec elle dans les bois. Le médecin était robuste mais, au bout d'une heure, pris d'étourdissement, il dut reposer son fardeau. Il s'assit et réfléchit. Les villageois, menés par le magistrat et le marguillier, avaient lancé la battue et ils n'abandonneraient pas. La seule chance de salut, c'était Bordeaux. Là-bas, Maître Vital avait des amis puissants. Mais dans la montagne, le médecin du roi n'était plus qu'une bête traquée.

Jusqu'au coucher du soleil, il marcha sans savoir s'il faisait route vers Bordeaux. Parfois Margot avançait, accrochée à son bras, parfois il la portait. Enfin, il se crut hors d'atteinte et voulut prendre un peu de repos. De sa besace, il sortit quelque nourriture.
– Les chiens, murmura Margot.
Ils approchaient. Vital soupira d'épuisement. Quand il se releva, la douleur qu'il avait au cœur

le poignit comme jamais. Il grimaça et reprit la route, s'appuyant presque à Margot.
– Écoute-moi, petite fille. Si je meurs...
– Mais non, Maître Vital !
– Si je meurs, prends la bourse qui est sur moi. Elle t'appartient. Tu m'entends ?
– Oui, Maître Vital. Mais Dieu vous donnera vie encore longtemps.
– Il n'y a ni Diable ni... Dépêchons-nous !
Les chiens étaient tout près. Le médecin et la sorcière dévalèrent une pente dans la nuit tombante, voyant à peine où ils posaient le pied. Au bas de la pente, c'était la route. La route de Bordeaux. Ils entendirent alors un cheval qui arrivait au galop.
– Ce serait trop beau, murmura Vital, si c'était...
C'était Loup. Il était seul, ayant laissé sa mère en sûreté à la cagoterie d'Argelès.
– Vital ! Margot ! Holà ho !
Loup sauta à bas de son cheval. Vital s'effondra dans ses bras.
– Ils arrivent, balbutia-t-il. Sauvez-vous, mes enfants, allez à Paris.
Il leur tendit sa bourse.
– Maître Vital, supplia Loup, venez avec nous ! Montez sur le cheval, vous êtes fatigué.

Le temps des sorcières

– Oui, je suis fatigué, dit Vital avec un sourire qui s'éloignait.
Il tomba à genoux sur le chemin, le cœur déchiré par la douleur.
– Qu'ai-je fait ? murmura-t-il. Qu'ai-je fait de ma vie ?
Ils étaient là, devant lui. Sa femme si jeune et son fils si petit.
– Tu as bien fait, lui souffla une voix à l'oreille.
Loup fouillait dans son escarcelle. Le flacon, vite, le flacon ! Margot avait couché Vital contre elle et lui soutenait la tête. Loup avait enfin trouvé le flacon miraculeux. Il allait sauver Vital comme il avait sauvé sa mère. Il déboucha le flacon et s'accroupit près du médecin.
– Maître Vital, respirez le parfum ! Vital... Non !
Son cri percuta les montagnes. Non ! Non ! Non !

Les mois passèrent. Pierre de Langres fut tenu pour responsable de la mort du médecin du roi. Il fut supplicié puis écartelé en place publique à Bordeaux. Jean Debat mourut de la peste. Jean Mailhoc et sa femme Tiénette vécurent à la cagoterie d'Argelès. Ils n'y furent ni heureux ni malheureux.

Les années passèrent. Loup, devenu architecte, acheva la construction de la tour Saint-Jacques à Paris. Il épousa la belle Margot et il donna à son fils premier-né le nom de Vital.

Loup ne souhaita pas garder le flacon miraculeux. Peut-être lui en voulait-il de n'avoir pas sauvé Maître Vital ? Un jour, il se rendit à la maladrerie Saint-Lazare de Paris et il donna le parfum à un frère hospitalier qui soignait les lépreux. Le parfum eut fort à faire pour sauver les malheureux : une goutte et puis deux. Il disparut pourtant, volé par un lépreux.

Jamais Loup n'oublia le médecin et, au soir de sa vie, quand il regardait autour de lui des bataillons de petits-enfants, tous blonds mais ni cagots ni sorcières, Loup redisait dans le silence de son cœur :

– Maître Vital, vous n'êtes pas mort pour rien.

Le temps des rebelles
1848

Chapitre 13

Quand on parle du loup...

— Avez-vous déjà vu une pareille petite merveille ? questionna Philistin Le Lyonnais.
Avec des gestes délicats, le vieux professeur au Collège de France sortit de la vitrine un flacon de verre enserré dans une résille d'or et orné de cabochons grenat. Il contenait un fond de parfum rouge et gras que le jeune Camille n'avait guère envie de respirer.
– Ce flacon a une histoire étonnante, reprit le professeur Le Lyonnais.
Camille de Saint-Gérand tapa du talon comme un poulain qui s'impatiente. Il n'était pas venu

écouter les radotages d'un vieux bonhomme. Il attendait le retour de Mlle Le Lyonnais. Non pas qu'il en fût amoureux. Un dandy[1] n'aime que son cheval. Mais il devait remettre une lettre d'amour à la jeune fille de la part de son ami Paul d'Aubert, un polisson qui avait fait le pari de coucher avec la demoiselle avant la fin de la saison. Le pauvre vieux Philistin ne se doutait de rien et traitait avec cordialité ce beau jeune homme aux traits féminins.

– Oui, oui, prenez-le, dit-il à Camille en lui tendant le flacon. Le verre n'en est pas fragile.

Le jeune homme refusa avec une mimique dégoûtée. Un dandy ne manifeste jamais son intérêt.

– Selon la légende, continua Le Lyonnais, ce flacon contient le parfum que Marie-Madeleine (qu'on appelait autrefois Marie de Magdala et qu'on confond parfois avec Marie de Béthanie) voulut verser sur les pieds du Christ. Celui-ci l'en empêcha et lui dit de réserver ce parfum pour son embaumement.

Le professeur parlait sur un ton à la fois savant et ironique. Évidemment, il ne croyait pas le premier mot de ce qu'il racontait. Il poursuivit néanmoins :

---

[1]. Jeune homme à la mode en 1848.

– Ce parfum serait passé de l'Orient à l'Occident, lors d'un voyage de Marie-Madeleine. Celle-ci serait venue en Gaule avec son frère Lazare et serait morte du côté d'Aix-en-Provence.
– Pourquoi «serait passé», «serait venue»? releva le jeune Camille, en se cambrant dans un mouvement d'impatience très élégant. Après tout, ce parfum EST là.
Philistin Le Lyonnais eut un sourire d'indulgence.
– Cher Monsieur, ce flacon d'origine italienne date du onzième siècle, et nullement du temps du Christ. C'est une fausse relique inventée par un abbé de Vézelay. Mais je ne vous ai pas dit le plus joli de l'histoire. Ce parfum est miraculeux, ah, ah, ah!
Le professeur au Collège de France éclata d'un rire énorme qui fit sursauter Camille.
– Ce parfum eut même la réputation de guérir de la lèpre, s'amusa encore Philistin. Deux gouttes suffisaient, ah, ah, ah!
Il troubla le fond de parfum en l'agitant et se mit à philosopher:
– Tous ces siècles aveuglés par la superstition! La Science fut longue à dessiller les yeux des hommes. Heureusement, les temps changent...

De ses gros doigts précautionneux, Philistin Le Lyonnais ôta le bouchon du flacon et huma le parfum.
— Pouah, il a tourné. Il sent le poisson avarié.
Il le reposa sur sa table de travail et jeta un regard vers la fenêtre. Il pleuvait en cet après-midi du 22 février 1848. Depuis le matin, une petite pluie terne s'obstinait sur Paris.
— Joli temps pour le spleen[2], remarqua le jeune homme. N'aurons-nous pas le plaisir de voir Mlle Le Lyonnais ?
Chaque fois qu'il parlait de « plaisir » ou de « bonheur », Camille prenait l'air du monsieur qui attend son tour chez le dentiste.
— Ma fille est sortie, répondit Philistin, assez contrarié.
Le professeur, veuf de bonne heure, n'avait guère réussi l'éducation de sa fille. Livrée à une nurse anglaise, puis à une gouvernante allemande, la jeune fille n'en faisait qu'à sa tête.
— Il paraît qu'il y a de l'agitation dans certains quartiers ? s'inquiéta le professeur. Avez-vous remarqué quelque chose ?

---

2. État dépressif, très à la mode en 1848.

– Peuh ! Quelques gamins qui criaient : « À bas Guizot[3] ! », répondit Camille.

En réalité, le jeune homme avait croisé dans les rues des ouvriers en blouse qui réclamaient : « Du pain et du travail ! » et des étudiants, bras dessus, bras dessous, qui hurlaient : « Vive la réforme ! » Traversant la place de la Concorde, le jeune dandy avait aperçu des soldats qui faisaient face à la foule. De temps à autre, des cavaliers chargeaient au petit trot et les étudiants se dispersaient, en riant ou criant des insultes. La jeunesse flirtait avec la mort tandis que les soldats du 60e de ligne, au milieu de la place, jouaient sur ordre des valses et des polkas.

– L'armée gesticule, mais c'est du bluff, laissa tomber Camille, dans son habituel mélange de français et d'anglais.

– Tout de même, j'aimerais mieux que ma fille fût revenue, bougonna le professeur.

Comme en réponse, la porte d'entrée claqua.

– Quand on parle du loup, suggéra Camille.

Bientôt, la porte du bureau fut poussée à la volée et une très jeune fille parut. Elle tira sur les cordons de sa capote toute détrempée, libéra de jolies

---

3. Président du Conseil dont on réclamait le départ.

frisettes blondes et, jetant son chapeau au plafond, elle s'écria :
— Vive la réforme !
Camille de Saint-Gérand s'inclina devant elle.
— Mes respects, Mademoiselle Lou.
« Un paon qui fait la roue, songea Lou, en lui rendant à peine son salut. Ces jeunes types n'ont rien dans la cervelle. »
— Tu n'as pas eu peur dans les rues, mon ange ? demanda le vieux papa.
— Peur ? s'esclaffa Lou. Mais les ouvriers des faubourgs sont très aimables. Ils m'ont ouvert une barricade pour me laisser passer et j'ai crié...
Lou leva les bras au ciel :
— À bas Louis-Philippe ! Vive la République !
— Des barricades ! s'affola le professeur. Il y a bien des barricades ?
— Peuh ! Trois chaises que des gamins ont empilées, se moqua le jeune homme. Cela peut impressionner une jeune fille, mais pas mobiliser une armée.
— Oh, vous ! riposta Lou. Parlez de ce que vous connaissez, vos cravates et vos gilets.
« Restons fair-play », se raisonna Camille qui sentait pourtant son flegme le quitter à tire-d'aile. Il s'inclina gracieusement.

— C'est promis, Mademoiselle, je m'occupe de mes cravates et je laisse aux femmes le soin de régler le sort de la Nation.
— En effet, il est temps que les femmes s'en mêlent, répliqua Lou en s'inclinant à son tour. Quand on voit que des inutiles ont le droit de vote et que moi, j'en suis privée – du seul fait que je suis une femme et vous, un homme – il y a de quoi faire des barricades et y monter !
Le pauvre professeur tira sur son col de chemise pour s'éviter la suffocation.
— Voyons, voyons, bredouilla-t-il, je vais faire servir du thé et des gâteaux. Voilà, c'est cela, nous allons prendre une bonne tasse de thé, n'est-ce pas, cher Monsieur ?
Le « cher monsieur » acquiesça d'un air morne et tourna le dos à la jeune rebelle. Pour se donner une contenance, Camille prit le flacon sur la table, le déboucha, le reboucha.
Le professeur s'étant sauvé vers les cuisines, les jeunes gens se retrouvaient seuls. L'on n'entendait plus dans la petite pièce que leurs souffles hostiles et les claquements du feu dans la cheminée. Camille se décida brusquement.
— Si j'ai pu vous paraître désagréable, Mademoiselle, je vous prie d'accepter mes excuses.

Un dandy ne présente jamais d'excuses. Mais Camille n'oubliait pas qu'il avait pour mission de remettre à la jeune fille la lettre de Paul d'Aubert. Il fouilla dans ses poches pour l'y retrouver.
– Ne vous excusez pas, répondit Lou. Après tout, vous n'êtes qu'un homme.
Camille cessa de fouiller ses poches, stupéfait.
– Plaît-il ?
– Je disais : vous n'êtes qu'un homme. Vous en avez donc tous les préjugés. Pour vous, une jeune fille est un charmant petit animal qui a peur de tout et qui ne comprend rien à la politique.
Camille s'assit sur le bureau du professeur et prit une pose savamment nonchalante. Mais, sans s'en rendre compte, il renversa le flacon sur le sous-main. Or, celui-ci avait été mal rebouché.
– Ma bonne éducation m'interdit de traiter une jeune fille d'animal, répondit-il. Mais pour tout le reste, vous avez admirablement traduit ma pensée.
– Eh bien, monsieur-qui-n'avez-peur-de-rien-et-qui-comprenez-tout...
Le flacon ouvert laissait s'échapper un filet de parfum, rouge comme du sang.
–... vous verrez que demain, Paris sentira la poudre, conclut Lou.

Les deux jeunes gens se regardèrent, étonnés. Il y avait bien une odeur dans le petit bureau, mais ce n'était pas du tout celle de la poudre. Une tache rouge s'étalait sur le sous-main tandis que les doux effluves de la bergamote et du cassis s'échappaient du flacon.
– Vous ne sentez pas... quelque chose ? murmura Lou en plissant le nez.
Un vent mystérieux, venu de nulle part, rabattit sur les jeunes gens des bouffées odorantes de vanille et de patchouli. Camille se redressa, l'air égaré, et s'approcha de Lou. Un moite nuage de musc et d'ambre gris les enveloppa tous deux.
– Je... je vous aime, balbutia Camille. Je vous ai aimée dès que je vous ai vue, l'hiver dernier, au bal de la duchesse d'Estissac.
Le jeune homme s'était moqué de l'allure provinciale de Mlle Le Lyonnais pendant toute cette soirée.
– Mon Dieu, Camille, quelle folie !
Lou avait toujours su que, sous les gilets cramoisis du dandy, battait le cœur d'un homme fait pour elle. Ils s'embrassèrent fébrilement, perdant le souffle et perdant pied, noyés dans les senteurs animales du parfum ensorcelé. Dès que la porte s'entrouvrit, le vent dispersa la nuée.

– Voilà, voilà, le thé arrive.
Lou s'était écartée de Camille et, poussant un cri d'oiseau blessé, elle quitta la pièce en deux enjambées.
– Allons, bon, se désola le vieux professeur, vous ne vous êtes pas réconciliés ?
Il aperçut alors le flacon renversé sur le sous-main.
– Oh, le parfum !
Il redressa la bouteille. Il ne restait plus que quelques gouttes du liquide rouge tout au fond.
– Ah, quel dommage ! se lamenta Philistin. Un parfum du onzième siècle ! Bien sûr, il sentait mauvais, mais il était historique...
Tandis que le professeur remettait le flacon dans la vitrine, Camille s'approcha de la table. D'un geste prompt, il arracha le morceau de buvard imprégné de parfum. Il le plia et le glissa dans la poche de sa redingote, juste là, sous le mouchoir et sur le cœur.

Chapitre 14

Paris dort sur un volcan

Depuis une demi-heure, Lou était là, immobile, à regarder la pluie s'écraser contre sa fenêtre. Le vent s'était mis de la partie. La nuit serait lugubre. Lou l'était aussi. Que lui était-il arrivé ? Elle n'avait rien d'une demoiselle de pensionnat. Son héroïne, son modèle, c'était Mme George Sand, écrivain et socialiste. Camille de Saint-Gérand était sans doute un joli garçon, mais il mettait tout son esprit dans ses gilets. Lou ne comprenait plus pourquoi elle s'était jetée dans ses bras. Ou plutôt, si, il y avait une explication, mais tellement incroyable !

L'odeur qui avait envahi le bureau lui avait troublé les sens. Or, cette odeur s'était échappée du flacon renversé. Pourtant, au dîner, le professeur Le Lyonnais avait fait allusion au parfum, disant que le peu qui en restait empestait toujours autant. Lou décida qu'il lui fallait en avoir le cœur net.

Sur la pointe de ses petits chaussons, elle se faufila jusqu'au bureau de son père, plongé dans l'obscurité. À tâtons, elle trouva le chemin de la vitrine, tourna la clef et s'empara du flacon. Un peu tremblante et craignant d'être surprise, elle revint dans sa chambre en serrant fort le parfum, si fort qu'elle crut percevoir comme un écho de son cœur dans la paume de sa main. Ou n'y avait-il pas un cœur qui battait dans le flacon ? Quelle idée stupide ! Lou se hâta tout de même de poser le parfum sur sa table de chevet.

Quand elle se fut calmée, elle retira le bouchon et attendit. Rien ne se produisit. Peut-être le parfum se perdait-il dans le trop grand espace de la chambre à coucher ? Ou bien il en restait si peu qu'il n'avait plus aucune odeur ? Lou prit le flacon et huma juste à l'entrée du goulot. Rien. Avait-elle donc rêvé tout à l'heure ? Elle boucha le flacon

du bout de son doigt et le retourna. D'un joli geste de femme, Lou déposa un peu de parfum derrière ses oreilles. Une goutte, deux gouttes. Une odeur fruitée, où chantaient la mandarine et le citronnier, vint lui titiller le nez. Elle éternua. Au moment où elle referma le flacon, elle sentit une brève douleur au cœur, comme si un crochet le transperçait. Elle en poussa un petit cri étonné et porta les mains à sa poitrine. Une corde invisible s'était tendue et tirait sur son cœur. Ferrée. Ferrée comme un poisson à l'hameçon.
– Mon Dieu, mon Dieu, s'affola Lou, cherchant dans son armoire bottines et manteau.
Quel que fût le pêcheur, elle devait le supplier de lâcher prise.

Lorsque Camille était sorti de l'appartement de M. Le Lyonnais, la tête lui tournait encore. Que lui avait-il pris de serrer contre lui cette froide petite fille ? Mais à peine eut-il posé la question qu'il en eut la réponse. Il l'aimait. Non pas respectueusement comme un garçon de bonne famille. Mais brutalement, mais sauvagement. Craignant de perdre l'équilibre, Camille dut s'appuyer au

D'amour et de sang

mur un instant. Dans sa main, il sentit battre le cœur de la pierre. Non, il se trompait. C'était lui qui n'était plus qu'une pulsation. C'était la faute de ce parfum, de ce damné parfum. Il avait encore dans l'oreille le rire du professeur Le Lyonnais : « Miraculeux, ah, ah, ah ! »

Camille se souvint qu'il avait arraché un morceau de buvard. Où l'avait-il mis ? Il fouilla ses poches et sentit sous ses doigts la lettre de Paul d'Aubert. Celui-là ! Qu'il s'avisât de tourner autour de Lou et c'était le duel assuré. Camille déchira la lettre et en dispersa les morceaux au vent. Puis il porta la main à la petite poche de sa redingote. Le buvard était là, plié en deux et caché par le mouchoir. Camille voulut le sortir de la poche, mais il n'y parvint pas.

Le liquide rouge et gluant faisait adhérer le buvard au tissu.

— Eh bien, mon bourgeois, tu la fais, cette guerre, ou pas ?

Camille regarda autour de lui. La rue était déserte.

— Vise plus bas, l'ancien, dit la voix.

Camille baissa les yeux et aperçut un gamin.

— C'est rue du Temple qu'y a du train. Nom

d'unch ! On casse les boutiques. Y a du vin et des armes pour les hommes. Tiens !

Il avait un pistolet à chaque main. Il en offrit un à Camille.

– Merci, gamin, fit le dandy. Peut-on savoir ton nom ?

– Si les cognes[1] te le demandent, tu diras que t'en sais rien, répondit le môme. Allez, citoyen, je m'esbigne. J'ai un roi à chasser, moi !

Le gosse s'envola, laissant Camille pensif. Ainsi, ça chauffait dans Paris. Et si l'émeute devenait révolution ? Dans la main de Camille, le pistolet palpitait. Objets inanimés, avez-vous donc un cœur ? Dans la rue muette, le jeune homme hurla :

– Aux armes, citoyens !

C'était dit. Cette guerre-là, c'était la sienne. Il allait installer la République dans ses foyers et demain, au plus tard après-demain, il épouserait Mlle Le Lyonnais. Elle ne se moquerait plus de ses gilets puisqu'il serait un héros. Ayant pris cette décision, il s'éloigna au pas de charge vers la rue du Temple.

Lou était sortie. Une jeune fille si jolie, toute seule dans les rues, par une nuit d'émeute... Elle

---

1. Des gendarmes, en argot.

ne craignait pourtant qu'une chose, ne pas retrouver Camille. Mais elle se fiait à son cœur pour y parvenir. Plus elle s'écartait de Camille, plus la corde se tendait et plus le croc s'enfonçait dans le cœur. C'était comme au jeu de cache-tampon : « tu gèles, tu brûles », sinon que Lou souffrait vraiment.

Elle descendit la rue Grange-aux-Belles où elle habitait et alla jusqu'au canal Saint-Martin. De temps en temps, par les rues de traverse, lui parvenaient des appels, des bruits de cliquetis, une détonation. Les bourgeois avaient fermé lumières et volets. Mais certains, se retournant dans leur lit, songeaient qu'il leur faudrait, le lendemain, reprendre le fusil. Se battraient-ils contre le peuple et pour le roi ? Ou pour la République et contre Louis-Philippe ? À cette heure de la nuit, la Garde nationale[2] n'avait pas encore choisi.

En arrivant boulevard Saint-Martin, Lou eut une émotion. Des hommes, presque tous ivres, tapaient à coups de crosse dans les portes en hurlant :

– À la rue, les bourgeois !

---

2. La Garde nationale était constituée de bourgeois suffisamment aisés pour se payer leur équipement.

Ils distribuaient les armes les plus étranges aux rares passants, une pique arrachée à une grille ou un yatagan[3] volé dans une boutique de curiosités.
– Eh bien, Princesse, dit un homme à Lou, où c'est qu'est votre carrosse ? Je vais vous reconduire chez vous.
Il tenait à peine debout. Lou s'esquiva.
– Les chasseurs ! Sauve qui peut ! cria quelqu'un.
En effet, un détachement de l'armée arrivait par le boulevard. Les émeutiers se dispersèrent aux cris de « Vive la République ! ». Quelques instants plus tard, le silence était retombé. Mais le feu qui s'éteignait ici se rallumait plus loin.
Lou hésita entre la rue du Temple et la rue du Faubourg-du-Temple. D'abord, elle partit sur sa gauche, mais la corde tira si fort, l'hameçon s'enfonça si profond qu'elle fit vite demi-tour. Elle prit donc la rue du Temple, où l'émeute était passée avant elle, cassant quelques réverbères et pillant une armurerie. Depuis un moment, elle entendait un pas derrière elle. Comme il y avait un peu d'animation dans cette rue, Lou en profita pour jeter un regard sur son suiveur. C'était un

---

3. Sabre turc, à lame recourbée vers la pointe.

homme au vaste front tourmenté. Il semblait marcher au hasard, tout en sachant quelle serait sa destinée. Son cœur tenait-il, lui aussi, à un fil ? Lou frissonna et reprit sa marche sous la pluie. Quand elle arriva à la hauteur de la rue Sainte-Croix-la-Bretonnerie, elle eut une autre émotion.
– Halte ! On ne passe pas !
Des gamins avaient éventré la chaussée et barré le passage, en entassant des pavés et des tonneaux. Ils jouaient à la barricade et, depuis le début de la soirée, ils rançonnaient les passants. Les bourgeois, riant jaune, se laissaient délester de quelques sous. Car les gamins étaient armés. Celui qui venait d'interpeller Lou avait un pistolet. L'autre, il l'avait donné à Camille.
– Bonsoir, Marquise, dit-il à la jeune fille. Pour vous, le passage, ce sera juste un baiser.
Lou avait une bonne envie de lui tirer les oreilles, mais elle s'acquitta du péage.
– Nom d'unch ! Elle sent bon, la ci-devant, fit le petit en rougissant.
Un rire fusa derrière eux. C'était le sombre promeneur qui continuait d'arpenter Paris. Il obliqua vers Saint-Merri tandis que Lou continuait sa route vers l'Hôtel de Ville. Un trottinement dans son dos la fit se retourner. C'était le gamin.

– Attendez, Marquise ! Fait pas très chaud, ce soir, pour se promener.
Il lui tendit le second pistolet.
– Couvrez-vous !
Cette fois-ci, Lou l'embrassa de bon cœur.

Ce fut un peu avant d'arriver sur la place que la jeune fille aperçut Camille. Elle le reconnut de dos à son allure dégagée, sa taille bien prise et ses cheveux trop longs. D'une main, il retenait son gibus aux prises avec le vent. De l'autre, il balançait négligemment un pistolet.
– Camille !
Il se retourna, leva au ciel haut-de-forme et pistolet, et tira. Lou courut jusqu'à lui et lui, l'attrapant au vol, la souleva de terre et lui fit faire un tour complet dans les airs. Ils s'embrassèrent follement, aussi tranquilles dans la rue que s'ils étaient au lit. Le promeneur, qui avait finalement choisi de rallier l'Hôtel de Ville, ralentit sa marche pour mieux les contempler.
– L'Amour et la Révolution, murmura-t-il.
Il y avait là matière à réflexion. Mais il songea en frôlant les amants : « ou matière à roman ».

Chapitre 15

Le promeneur de Paris

Ce matin du 23 février, bien des Parisiens croisèrent dans les rues un pauvre vieil homme désespéré.
– Ma fille, vous n'avez pas vu ma fille ?
Près du petit lit aux draps tirés, le professeur Le Lyonnais avait trouvé les chaussons blancs de Lou et, sur la table de chevet, le flacon de parfum encore débouché. Mais Lou ? Évaporée.
– Elle est blonde, Monsieur. Elle n'a pas dix-huit ans, Madame.
Le professeur arrêtait les gens par la manche pour les interroger.

— Décidément, dit tranquillement la dame au monsieur, tout le monde a le cerveau dérangé, aujourd'hui.

Elle avait tant vu d'émeutes qu'elle en était à se dire : « Ah bah, une de plus, et ce n'est pas la dernière... » D'ailleurs, le jour qui se levait, courbatu, mal rasé, n'avait rien de la gaieté tragique qui fait les belles révolutions. Quant aux barricades qui sortaient de terre sous la pluie :

— Mal construites, ricanait le ministre de l'Intérieur.

Aux Tuileries, les courtisans en faisaient un sujet de plaisanterie :

— Toutes petites, ces barricades. Ces Parisiens n'ont plus de santé !

Le promeneur infatigable, qui avait arpenté Paris toute la nuit, en savait plus long que Sa Majesté Louis-Philippe. Il avait entendu claquer les premiers coups de feu dès sept heures du matin, place de l'Hôtel-de-Ville. Il avait vu les insurgés arracher leurs fusils aux gardes nationaux, quand ce n'étaient pas les gardes nationaux qui tendaient leurs fusils aux émeutiers.

— On se souviendra du 23 février 1848, dit-il au cabaretier qui le servait. Ce sera jour de deuil ou jour de gloire pour notre pays. Que les gardes nationaux tirent sur le peuple et ce sera la plus horrible des guerres : le frère qui assassine le frère !

Le marchand de vin regarda avec respect l'homme au vaste front qui prophétisait, mais il se permit une objection :

— Vous croyez-ti que c'est des morveux comme çui-là qui font les révolutions ?

Le gamin qui rançonnait les bourgeois pendant la nuit venait de se poser sur un banc, non loin d'eux. Le reconnaissant, le promeneur lui sourit.

— Vous n'auriez pas un peu de vin, citoyen ? lui lança le gamin.

L'homme lui tendit son verre. Le gosse le vida d'un trait.

— Le coup de l'étrier, dit-il, en affectant un air viril. Bon, c'est pas tout ça. Faut encore que j'aille me faire tuer !

L'homme suivit l'enfant d'un regard inquiet. Et s'il disait vrai ?

Lou et Camille avaient, eux aussi, erré toute la nuit. Vers midi, l'épuisement les guettant, ils montèrent dans l'appartement du garçon. Ils s'appartenaient déjà si pleinement – et ils étaient si fatigués – qu'ils s'endormirent, sagement enlacés. Des coups tapés dans la porte cochère et des appels : « Oh, Saint-Gérand ! » éveillèrent Camille en fin d'après-midi. Torse nu, hébété, il alla ouvrir la fenêtre et se pencha sur la rue.

– Cher ami, on vous attend pour faire la fête ! lui lança Paul d'Aubert.

Le jeune homme était sur le trottoir avec plusieurs de ses camarades, un peu ivres, tous très gais.

– Nous voulons la dissolution de l'Assemblée ! cria Paul comme s'il s'agissait d'une farce.

– Et guillotiner Philippe ! ajouta un camarade, plus ivre que les autres.

– Nous allons au boulevard des Capucines, reprit Paul. Tout le monde y va ! Les ouvriers, les filles et la canaille ! Il ne manque que vous et M. de Lamartine !

– J'arrive ! lui répondit Camille en riant.

Lou, qui avait entendu l'échange, passa en hâte sa robe sur son jupon.

– Où est mon pistolet ? demanda-t-elle, sur le ton de celle qui réclame son manchon ou son ombrelle.

– Vous l'avez posé sur la causeuse, répondit

Camille qui renversait des piles de linge pour trouver une chemise propre.

Ils se parlaient avec le sans-gêne d'un vieux couple, mais quand, mal rhabillés, ils se virent face à face, ils rougirent tous les deux.

– Alors, Saint-Gérand, tu descends ? beugla Paul depuis la rue.

Ses camarades menaient un tel tapage devant la maison que Camille allait être définitivement fâché avec ses voisins. Il y eut tout de même un petit silence de gêne quand Lou parut au bras de Camille. Paul d'Aubert haussa un sourcil et lâcha :

– Tiens donc ?

Mais Lou pointa sur lui le pistolet et le menaça en souriant :

– En avant, marche !

La petite troupe se mit en route vers le boulevard des Capucines, chantant diverses chansons dont, fort heureusement, Lou ne comprenait pas toujours les paroles. La nuit était tombée et de nombreux groupes se joignirent à eux, brandissant des torches et des drapeaux. Peu à peu, les jeunes gens devinrent plus graves. *La Marseillaise* avait remplacé les chansons à boire. Il y avait autour d'eux des ouvriers traînant des sabres, des boutiquiers tenant le fusil et des hommes en uniforme de la Garde nationale. Toute cette foule se tenait chaud dans cette nuit d'hiver et elle semblait grossir à chaque pas. Hostile, prête au combat ? Nul n'aurait pu le dire à ce moment-là. Mais les meneurs savaient qu'en allant sur le boulevard des Capucines on trouverait le ministère des Affaires étrangères. Là, on pourrait mettre la main sur Guizot.

– Et après tout, dit à la cantonade un ancien de 1830, j'en ai tué d'autres qu'étaient moins pires que çui-là !

Paul d'Aubert s'était approché de Camille et, bien que pris dans une émeute en marche, il trouva fort à propos de glisser à l'oreille de son ami :

– Dites, la petite Le Lyonnais, quand vous n'en aurez plus l'usage, je suis preneur pour la succession.

Camille serra la crosse de son pistolet et répondit d'une voix farouche :

– Monsieur, j'aime Mlle Le Lyonnais et je compte l'épouser.

Paul d'Aubert était mauvais sujet, mais bon garçon. Il pressa l'épaule de Camille et murmura :

– Je suis un sot. Je te demande pardon.

Au coin de la rue de la Paix, d'autres hommes vinrent encore grossir les rangs des émeutiers. Parmi eux, ballotté, ruisselant de sueur, il y avait le professeur Le Lyonnais. Se hissant sur la pointe de ses bottines, il scruta la foule qui défilait sur le boulevard. Soudain, il aperçut la blonde auréole de Lou qui marchait, tête nue.
— Lou! hurla-t-il. Lou, c'est toi? Attends-moi! Mais les rangs étaient si compacts qu'il ne put avancer.
— Lou! Au secours! Laissez-moi passer! sanglota le pauvre homme. Lou, où es-tu?
Des gosses l'entendirent et se moquèrent de lui en jouant à «Loup y es-tu?»:
— Loup y es-tu? Que fais-tu?
— Je prends mon grand sabre et je vais botter le cul à Philippe.
Des éclats de rire couvrirent les sanglots du vieux professeur.

On arrivait à la hauteur du ministère des Affaires étrangères. Les deux cents hommes du 14e de ligne le protégeaient. À cet endroit, le boulevard des Capucines était doublé en contrebas par une autre

rue, la rue Basse-du-Rempart. Les émeutiers pouvaient éviter l'affrontement en l'empruntant. Mais les jeunes ouvriers du premier rang, agitant leurs drapeaux rouges, marchèrent vers la troupe. Ils voulaient entrer dans le bâtiment.
– Formez le carré ! cria le colonel.
Le 14e de ligne obéit, formant deux barrages, l'un face à la Madeleine, l'autre tourné vers la Bastille.
– Laissez-nous passer ! cria un des ouvriers.
Derrière lui, les torches rougeoyaient à l'infini. C'était Paris en marche. Le cœur des jeunes soldats se serra.
– Vive la ligne ! crièrent les femmes pour les attendrir.
Mais le colonel ordonna :
– Croisez la baïonnette.
De nouveau, la troupe lui obéit. Fendant la foule, Lou s'approcha de la rangée de baïonnettes pointées. Elle regarda un des jeunes hommes droit dans les yeux et, du bout des doigts, elle écarta la pique. Le garçon sourit et balbutia :
– Allons, Mademoiselle...
D'autres femmes s'approchèrent, offrant leurs charmes à la baïonnette, cherchant l'homme sous l'uniforme du soldat. Les officiers comprirent

qu'ils allaient y perdre toute leur autorité. Ils crièrent aux émeutiers :

— Passez donc par la rue Basse-du-Rempart !

Ils se firent huer par la foule.

— On veut la peau à Guizot pour s'en faire des culottes ! gueula l'habitué des barricades.

Provocateur, la torche à la main, il s'avança vers le colonel.

— Je m'en vas te griller les moustaches. T'entends, foutriquet ?

Près du colonel, il y avait un sergent qui tenait à la consigne plus qu'à ses père et mère. Il pointa sa baïonnette vers le provocateur. Camille, qui était tout près, écarta le fusil et voulut calmer le jeu :

— Tout doux, fit-il. On peut se parler entre braves gens.

L'ancien de 1830 repoussa Camille en grommelant :

— Toi, le gars des beaux quartiers...

Une seconde fois, il approcha sa torche du colonel et ce fut une fois de trop. Le sergent avait gardé le doigt sur la gâchette. Le coup partit. L'homme s'effondra et ce fut le signal de la tuerie. Le jeune soldat hurla à Lou :

— Couchez-vous !

Lou se coucha sur les pavés, sous la rangée des fusils. Les deux compagnies du 14e de ligne firent feu sur la foule, fauchant par dizaines hommes, femmes et enfants.
– Sauvez-vous ! ordonna le jeune soldat en aidant Lou à se relever.
Quand le nuage de fumée fut dissipé, les soldats virent ce qu'ils avaient fait et la panique s'empara d'eux. Rompant les rangs, ils se mirent à courir au hasard, frappant même aux portes du ministère.
– 14e de ligne, hurlaient les officiers, désespérés, serrez les rangs !
De leur côté, les émeutiers, enjambant la rambarde, sautèrent dans la rue Basse-du-Rempart. Puis, se répandant dans les rues voisines, ils éveillèrent les consciences assoupies aux cris de :
– Trahison ! Ils nous assassinent !

Lou avait suivi le mouvement et s'était enfuie. Mais, quelques minutes plus tard, ne voyant pas Camille près d'elle, elle revint sur le boulevard des Capucines. Là, l'horreur la saisit. Des blessés appelaient à l'aide. Des morts gisaient, la tête trouée. À la lueur d'une torche, elle aperçut sur la

chaussée, les bras en croix, l'insouciant Paul d'Aubert qui était parti faire la fête.
– Camille, gémit-elle.
Tandis qu'autour d'elle on relevait les blessés, Lou chercha à terre le jeune homme. Elle le vit enfin, adossé à un mur, les yeux fixes et grands ouverts. Mort ? Mourant ? Elle s'agenouilla devant lui.
– Camille, réponds-moi. Camille, tu es en vie, dis-moi ?
– Bien sûr, fit le jeune homme.
Il avait répondu machinalement. La secousse avait été si forte qu'il n'était pas encore vraiment remis. Il avait reçu une décharge de fusil en plein cœur, presque à bout portant.
– Mais tu saignes ! s'écria Lou, terrorisée.
Le sang tachait la belle redingote, un sang rouge vif.
– Non, dit le garçon.
Son mouchoir était tombé. Ce que la jeune fille voyait, dépassant de la pochette, c'était le buvard imprégné de parfum. La balle ne l'avait pas traversé.
– Aide-moi, dit Camille en tendant la main à Lou.
Il se redressa et vit l'effroyable scène qu'offrait le boulevard. Des brancards improvisés emportaient

les blessés. Quant aux morts, deux ouvriers les chargeaient sur une charrette, hommes et femmes, jeunes et vieux, leurs sangs mêlés coulant à travers les planches. Parmi eux, il y avait le jeune Paul d'Aubert. Un sanglot plia en deux Camille.
– Vengeance, dit-il, les yeux enflammés. Il sera vengé.
– Ils seront tous vengés, fit Lou en écho.
Tiré par un cheval blanc, l'horrible corbillard s'ébranla. Debout à l'avant, une torche à la main et les pieds dans le sang, se tenait un homme livide, le père, le frère ou l'ami d'un de ceux que la troupe avait assassinés. Muet, le bras tendu, il montrait les cadavres. Un autre ouvrier, monté à l'arrière de la charrette, cria :
– Vengeance ! Vengeance !
Il prit à pleins bras le cadavre d'une jeune femme et, le secouant par intervalles comme un pantin, il répéta à travers les rues son terrible cri :
– Vengeance !
Derrière le funèbre cortège, tout Paris se leva et le sombre promeneur lui emboîta le pas. « Non, se dit-il, ce n'est plus une émeute. C'est la révolution. Les grandes choses vont commencer. Marchons ! »

Des barricades, il s'en construisit des centaines, cette nuit-là. L'une d'elles poussa rue Beaubourg et le promeneur y arrêta ses pas parce qu'il avait vu le gamin s'y poser.
– Encore là, toi ? lui dit-il tendrement.
– Comme tu vois, répondit le gosse. Ils m'ont tué qu'à moitié.
Il avait la tête ceinte d'un bandeau blanc taché de rouge. L'homme eut envie de lui dire :
– Rentre donc chez tes parents...
Mais ces gosses-là n'ont que la rue pour famille. Sur la barricade, le promeneur reconnut aussi les amoureux. Les rudes hommes qui étaient là couvaient Lou des yeux et l'appelaient « la petite ». Mais elle soulevait les mêmes charges que Camille, vidant les maisons voisines de leur mobilier, jetant dans la rue les tables et les chaises et aidant à sortir d'énormes portes de leurs gonds. Dans une des maisons envahies par les émeutiers, des femmes préparaient de la charpie en déchirant des draps tandis que les hommes faisaient fondre sur un réchaud du plomb et de l'étain. Horrible petite cuisine d'avant les grands combats. De rares paroles s'échangeaient.
– Paraît que Bugeaud va prendre l'armée en main.

Bugeaud, le massacreur de la rue Transnonain!
– Y a pas de drapeau sur la barricade, remarqua le gamin.
Lou se tourna vers Camille et lui dit :
– Ton gilet.
Le dandy se dépouilla de son beau gilet cramoisi et le drapeau rouge put flotter sur la barricade. Il venait tout juste d'être planté quand un cri donna l'alerte :
– L'armée!
Combien de temps la maigre barricade pourrait-elle tenir? Tout dépendait du nombre de soldats. Dans la nuit, les insurgés écoutèrent le bruit de pas réguliers qui s'approchait, faible d'abord, puis lourdement martelé. La troupe était nombreuse. La barricade allait être balayée. Les plus vieux ne le dirent pas aux plus jeunes, mais ils savaient quel serait le sort des survivants : dos au mur, fusillés. Brusquement, au bout de la rue, apparut le premier rang des soldats, baïonnette en avant.
– Rendez-vous! cria l'officier.
– Vive la République! répondit le gamin de sa voix de fausset.
– Feu! riposta l'officier.

Les façades des maisons s'illuminèrent un instant tandis que les balles s'abattaient sur la barricade, la traversant par endroits. Un émeutier tomba, touché en plein ventre. Lou se serra contre Camille, voulant mourir avec lui. Mais il la repoussa doucement.
En deux bonds, il fut au sommet de la barricade, près du drapeau.
– Ne tuez pas vos frères, dit-il en écartant les bras.
Se croyant invulnérable, il offrait aux balles son cœur protégé par le buvard.
– En joue ! ordonna l'officier.
Certains soldats prirent le cœur pour cible, mais d'autres la tête. Comme ils allaient tirer, une torche illumina une blonde et pâle apparition au sommet de la barricade. Un hurlement traversa la rue Beaubourg.
– Ma fille !
Le professeur Le Lyonnais qui, pendant toute la nuit, avait suivi tantôt les soldats et tantôt les insurgés, le professeur venait de reconnaître Lou sur la barricade à l'autre bout de la rue.
– Ma fille ! cria-t-il en tombant à genoux. Oh, ne tirez pas !

Sanglotant, il ajouta à mi-voix :
– Elle n'a pas dix-huit ans.
– Feu ! ordonna l'officier.
Le silence lui répondit. Un soldat abaissa son fusil, refusant le combat. Son voisin fit de même et bientôt, toute la troupe se retrouva l'arme au pied. Quelques secondes plus tard, les émeutiers, franchissant la barricade, se jetèrent dans les bras des soldats. Lou et Camille, eux, étaient restés perchés. Les mains nouées, ils levèrent les bras au ciel et crièrent :
– Vive la Nation ! Vive la République !
– Qu'ils sont beaux, murmura le promeneur.
– Hein, ça t'en bouche un coin, mon ancien ? fit une voix gouailleuse à son côté.
– Toujours là, toi ? s'étonna l'homme.
– Service de la République, dit le gosse en saluant militairement.
Le rêveur le considéra en songeant : « Cet enfant, quel personnage de roman ! Un roman qui se passerait en 1832 et... »
– Comment t'appelles-tu ? questionna l'écrivain.
– Gavroche, citoyen. Et vous ?
– Si les cognes te le demandent, tu diras que tu n'en sais rien.

Comme il s'éloignait, le gamin le rappela :
— Eh, le penseur ! Désolé, hein, si je suis pas mort !
L'autre se mit à rire.
— Tu veux que je te dise, Gavroche ? Tu as bien fait !

Les temps nouveaux
1er janvier 2000

Chapitre 16

Le loup revient chez nous

Le jeune mâle trottinait entre les sapins, de cette foulée à la fois relâchée et efficace qui distingue immédiatement le loup du chien. Il s'arrêta soudain pour uriner. Puis il parut se souvenir de celle qui peinait derrière lui. Il tourna vers sa compagne ses magnifiques yeux jaunes. Elle n'avançait plus que sur trois pattes. Le loup s'approcha d'elle et lui lécha le museau pour l'encourager. Il portait un étrange collier autour du cou.
– Alors, demanda M. de Saint-Gérand au jeune vétérinaire, combien y a-t-il de loups en France, à l'heure actuelle?

— Entre trente et quarante, répondit Wolf avec son accent qui écorchait chaque mot. Moi, mon travail, c'est... je dois comprendre pourquoi les loups, ils quittent l'Italie et ils s'installent ici, dans le Mercantour.
— Et vous ne croyez pas que des gens ont pu lâcher des loups dans les Alpes françaises, comme on a réintroduit le lynx dans les Vosges ?
M. de Saint-Gérand était chasseur et, en tant que tel, il détestait cet autre chasseur qu'est le loup. Si le retour du loup en France était dû à quelque écologiste irresponsable, il se sentait le droit de chasser le chasseur. Mais Wolf secoua la tête négativement.
— Mon travail, c'est aussi de prouver que les loups, ils viennent tout seuls d'Italie.
La fille de M. de Saint-Gérand n'avait pas parlé de toute la soirée. Le jeune Allemand lui jetait de temps en temps un regard déconcerté. Lou de Saint-Gérand était si apprêtée que vue de loin, la première fois, il l'avait prise pour une femme. De près, elle avait la bouille ronde et la mine maussade d'une adolescente.
— C'est à cause de votre nom que vous vous intéressez aux loups ? lui demanda-t-elle soudain.

Wolf sourit, embarrassé. Il pensa que « Wolf », c'était effectivement « loup » en allemand, mais que « Lou », c'était « loup » également. Pourtant, il ne trouva rien à répliquer. C'était un garçon timide et un peu gêné par son bilinguisme.
– En tout cas, moi, dit M. de Saint-Gérand, si je vois un loup, j'épaule et je tire...
Il fit le geste du chasseur qui met en joue et son coude heurta une étagère.
– Papa, le flacon ! hurla Lou.
Wolf tendit les mains et attrapa au vol le petit objet de verre qui allait s'écraser sur le carrelage. Lent en paroles, le jeune vétérinaire avait des gestes vifs et précis. Il tendit le flacon à M. de Saint-Gérand.
– Papa, gronda la jeune fille, je t'ai déjà dit qu'il fallait le mettre à l'abri dans une vitrine. Ça vaut une fortune, ce truc !
– C'est quoi ? demanda Wolf.
Dans ses efforts pour parler un français décontracté, Wolf devenait presque brusque. Lou lui jeta un regard qui signifiait clairement : de quoi je me mêle ? Wolf rougit. Mais M. de Saint-Gérand lui donna l'explication souhaitée :
– C'est un vieux, vieux flacon de parfum qui est dans notre famille depuis plusieurs générations.

– Du parfum ? s'étonna le vétérinaire. Mais le flacon est vide, non ?
– Pas tout à fait, répondit Saint-Gérand.
Il y avait au fond du flacon un résidu brunâtre, semblable à du sucre caramélisé. Quand M. de Saint-Gérand pencha le petit objet de verre, Wolf aperçut deux gouttes rouges et huileuses qui roulaient, se confondaient puis se séparaient. Deux petites larmes de parfum.
– Ce flacon est entouré de toute une légende, commença M. de Saint-Gérand. Il paraît qu'il suffit de deux gouttes de ce parfum pour guérir n'importe quelle maladie, n'importe quelle blessure. D'ailleurs, en 1848, mon aïeul...
– Mais qu'est-ce que tu as besoin de raconter ça à un étranger ! l'interrompit sa fille.
Wolf ressentit durement le mot d'*étranger* et il eut soudain envie de la nuit, de la neige, des étoiles froides et de ses frères loups. Dans l'après-midi, il avait appris que le jeune mâle dont il avait la surveillance était en France, sans doute depuis peu de temps. Une louve de deux ans l'accompagnait. Le vétérinaire avait donné un nom à son loup : Morgan. Le loup avait un collier émetteur qui permettait de le suivre à la trace. Wolf aimait

Morgan et, maintenant que Morgan était séparé de sa meute, Wolf avait peur pour lui. Dans le salon des Saint-Gérand, le jeune homme fit un salut un peu raide au père et à la fille.
– Bonsoir, Monsieur. Ne tuez pas mes loups, s'il vous plaît.
Puis exagérant son accent allemand, il ajouta :
– Ponsoir, Matemoizelle la Vranzaise.

Morgan avait faim. C'était le prix de la liberté. Pendant deux ans, Morgan avait obéi au chef de la meute, prenant sa place dans la traque du gros gibier, mangeant sa part après Chef Loup, après Mère Louve et les petits. Quand Morgan attrapait un lapereau ou un écureuil, il le rapportait à la tanière pour nourrir les louveteaux. Parfois, il allait jusqu'à régurgiter les morceaux qu'il avait avalés pour que les petits, toujours affamés, s'en nourrissent. Puis il allait s'allonger au soleil, le ventre creux. C'était la loi de la meute, et il obéissait.
Mais un matin, il s'était passé quelque chose d'étrange. Morgan s'était éveillé loin de sa meute, la gueule pâteuse, les mâchoires lourdes. Autour

du cou, il portait un collier. Il n'avait pu s'en défaire, même en se frottant contre l'écorce des arbres les plus rudes. Quand il était revenu vers les siens, les petits qui, d'habitude, l'accueillaient en lui léchant le museau s'étaient aplatis en poussant des gémissements. Chef Loup lui avait montré les dents en grognant et le poil de Mère Louve s'était hérissé. Morgan avait l'odeur de l'homme.

Peu à peu, il avait repris sa place dans la meute. Née un an après Morgan, Petite-Louve l'avait appelé à l'amour. Or seuls Chef Loup et Mère Louve avaient le droit de s'accoupler et de se reproduire. Trois ou quatre louveteaux à nourrir, chaque printemps, c'était bien assez de travail pour la meute. Chef Loup avait mis quelques raclées à Morgan pour calmer ses ardeurs tandis que Mère Louve mordait sa prétendante et la privait de nourriture. La queue basse et les oreilles rabattues, les jeunes loups avaient obéi, une fois de plus.

Mais cette année 1999, le froid était venu, plus tôt, plus vif qu'à l'accoutumée, et une nuit de décembre, Morgan avait décidé de chercher ailleurs les proies qui commençaient à manquer. Petite-Louve l'avait suivi.

Le 26 décembre au matin, tous deux passèrent en France sans savoir que, comme d'autres clandestins, c'était la haine qui les attendait. Le 28 décembre, peu après midi, un homme se prétendant chasseur épaula et tira. Sur une louve de deux ans protégée par la loi.

À présent, le soleil allait se coucher. Morgan léchait Petite-Louve. Derrière elle, il y avait un long chemin de sang. Elle s'était assise. Mais bientôt, elle s'allongea et ferma ses yeux d'or.

Longtemps, Morgan qui avait faim, Morgan qui avait peur veilla sur Petite-Louve, lui donnant de petits coups de patte ou de museau pour l'encourager à se relever. Enfin, sans une plainte, Morgan flaira le vent et s'éloigna dans la nuit. Petite-Louve était morte et Morgan était seul.

Chapitre 17

« Promenons-nous dans les bois... »

Wolf était consterné. Dix fois déjà, il s'était baissé pour examiner le cadavre de la jeune louve. Sa mort remontait tout au plus à la nuit précédente. Dix fois, Wolf s'était relevé, clignant des yeux comme si la réverbération du soleil sur la neige l'incommodait. En réalité, il luttait contre une envie de pleurer.
– La blessure n'était pas mortelle, commenta le garde qui avait fait la triste découverte. Une balle dans la cuisse.
On voyait encore la longue traînée rougeâtre dans la neige. La bête était morte d'épuisement.

Si elle avait fait halte, elle aurait peut-être survécu. Mais Morgan avait forcé sa compagne à avancer. Par peur de l'homme qui avait tiré.

« Tu n'aurais pas dû, Morgan, songea Wolf. Il fallait laisser ta louve se reposer. Maintenant, tu es seul. »

Wolf parlait souvent à son loup comme si le collier qu'il lui avait mis autour du cou était un lien télépathique entre Morgan et lui.

« Il faut que tu trouves la meute qui vit ici, lui dit-il encore. Tout seul, tu es en danger et tu vas devenir dangereux. »

Une dernière fois, Wolf se baissa et posa la main sur la belle tête rousse de la louve.

– Il faut... Ça serait bien que tu l'enterres, dit-il au garde. Je veux pas qu'elle est mangée.

Il se reprit :

– Qu'elle soit mangée.

Ayant remis sous contrôle son émotion et son français, Wolf se redressa et descendit vers la vallée. Arrivé au village, il eut la surprise d'apercevoir Mlle de Saint-Gérand en train de sonner à sa porte.

– Salut ! dit-elle. Je venais vous inviter pour le réveillon de la Saint-Sylvestre.

Les sentiments de Lou changeaient aussi vite qu'une girouette dans le vent. Pendant le dîner

de la veille, elle avait trouvé Wolf aussi balourd qu'assommant. Mais son air blessé, au moment du départ, avait fait brusquement monter sa cote.
— M'inviter? s'étonna le vétérinaire.
Il avait gardé dans l'idée qu'il s'était fâché avec les Saint-Gérand.
— Oh, ça sera chiant! précisa Lou en riant. Y a que des vieilles peaux dans le secteur. Mais c'est toujours mieux que d'être seul.
Wolf pensa à Morgan et il acquiesça.
— Mais peut-être, moi aussi, je suis chiant? dit-il, l'air incertain.
— Ça oui, répondit Lou. Mais vous ne serez pas obligé de parler du recyclage des ordures ménagères et de la politique des Verts en Allemagne! Car tels avaient été les sujets de conversation du dîner de la veille. Wolf était de plus en plus vexé et Lou ne semblait même pas s'en rendre compte.
— Je vous remercie de l'invitation, Mademoiselle, mais je crois pas que je viens.
Il rectifia :
— Que je viendrai.
Lou se pencha vers lui et lui soufflant au visage la buée de son haleine, elle chuchota :
— Je te raconterai l'histoire du parfum, tu veux?
Une grimace contracta le visage de Wolf. Il se

sentait agressé, attiré et repoussé dans le même temps. Ainsi la louve joue avec le loup jusqu'à le rendre à demi fou. Wolf tourna la clef dans sa serrure, s'apprêtant à faire entrer Lou dans sa tanière. Puis il songea que le village était petit et qu'on jaserait sur lui, *l'étranger*.

– Vous avez quel âge ? demanda-t-il, entrebâillant sa porte.

– Dix-sept.

Wolf fit « hooo » longuement. Parce que Lou était hardie, il l'avait espérée plus âgée.

– Moi, j'ai vingt-sept.

– Qu'est-ce que ça fait ?

Wolf appuya son nez froid et son front têtu contre le nez et le front de Lou.

– Ça fait que tu rentres chez toi.

C'était dit très gentiment et Lou recula d'un pas.

– Alors, je compte sur vous pour le réveillon ? dit-elle, le ton mondain.

– Che sais pas.

– « Che sais pas », l'imita Lou.

Et comme la louve agace le loup d'un dernier coup de dent, elle ajouta :

– Pas vraiment sexy, l'accent allemand.

Wolf resta seul, ce soir-là, et très mécontent. Il pensa beaucoup à Morgan. Le jeune loup était entré dans le territoire de chasse d'une meute. Allait-il chercher à se joindre à elle ? Et comment serait-il accueilli ? Wolf commençait à bien connaître Morgan. Le jeune loup était sociable, mais il supportait mal d'être dominé. Le vétérinaire sourit et songea : « Tu es bien mon frère, Morgan. »

Le jeune homme s'alluma un grand feu clair et il rêva à ce qu'il allait faire pour son réveillon. Non, il n'irait pas chez Lou. Mais il irait chez ses frères, les loups.

Le froid et le manque de proies avaient chassé les loups de la haute montagne. Les brebis que les bergers avaient parquées dans la vallée pour l'hiver étaient une tentation pour eux. La femme du facteur prétendait avoir vu un loup dans le fond de son jardin. L'aubergiste jurait que des loups étaient venus fouiller ses poubelles. Wolf savait qu'il ne s'agissait que de chiens errants. Aucun loup n'était venu rôder au village. Cependant, la meute s'était rapprochée, Wolf ne pouvait le nier. Il l'avait même localisée grâce à Morgan qui s'était joint aux autres loups. C'était la grande joie de Wolf. Le 30 au matin, le garde qui surveillait cette zone du parc avait aperçu la meute au bout de ses jumelles et il avait vu, côte à côte, un loup à collier et une jeune louve rousse. Bien sûr, Wolf qui était sentimental trouvait que Morgan avait un peu vite remplacé sa compagne. Mais la fierté l'emportait devant le magnifique instinct de survie du jeune loup. Une seule chose pouvait encore le menacer : la bêtise humaine. Le garde avait signalé au vétérinaire que des villageois avaient semé des appâts empoisonnés dans la forêt.

Le soir du réveillon, Wolf ferma sa porte avec un pincement au cœur. Il venait de prendre conscience de sa solitude, en cette nuit solennelle du 31 décembre 1999. Rien ni personne ne pouvait le retenir au village. Comme Morgan après la mort de Petite-Louve, Wolf était sans attache loin de sa terre natale. Il marcha à travers les rues déjà désertes. Il regarda les lumières de la fête dans chaque maison. En famille, entre amis, on allait boire du champagne, on allait s'émerveiller de ce chiffre : 2000. Aux approches de minuit, on décompterait les secondes : 5, 4, 3, 2... et une clameur monterait des maisons. Bonne année !

Soudain, Wolf perçut un pas dans son dos. Quelqu'un marchait, puis courait pour le rattraper.
– Salut!
– Je savais que c'était vous, dit Wolf sans se retourner.
– Qu'est-ce que vous faites? le questionna Lou.
Elle peinait à reprendre son souffle et elle était obligée de trottiner pour suivre les grandes enjambées de Wolf.
– Je vais faire un tour.
Il n'avait pas envie de fournir d'explications.
– Tiens, oui, c'est une idée, approuva Lou. Ça m'ouvrira l'appétit.
Le jeune homme aurait dû lui dire qu'il partait pour de longues heures et qu'il ne mangerait pas. Mais il écoutait le pas de Lou près du sien. Son esprit en était tout engourdi.
– On a une super pièce montée pour le dessert, lui apprit Lou, avec un « 1er janvier 2000 » en pâte d'amande. J'adore la pâte d'amande!
Wolf se retint de rire. Dire qu'il avait pris pour une femme cette petite fille gourmande! Mais dans le même instant, il tressaillit. Elle venait de glisser son bras sous le sien.
– Tu es toujours invité, tu sais?

– Che sais, répondit Wolf en exagérant son accent.
Ils marchèrent un moment, ainsi arrimés. Puis le garçon eut pitié de sa compagne et il ralentit son pas.
– On va passer un marché, fit-elle. Je te raconte l'histoire du parfum et toi, tu me dis pourquoi tu t'intéresses aux loups, O.K.?
Wolf ne répondit rien. Comme ils venaient de dépasser les dernières maisons, il alluma sa lampe-torche. Bientôt, la jeune fille ne pourrait plus revenir toute seule chez elle.
– Je vais te montrer un truc, dit-elle. Mais arrête-toi deux minutes, quoi !
Elle lui secoua le bras. Il s'arrêta en poussant un soupir. Il faisait semblant d'être ennuyé. En fait, il était ravi. Lou plongea sa main gantée au fond de sa poche d'anorak. Elle en sortit le flacon.
– Mais pourquoi..., balbutia Wolf.
– Je savais que tu ne viendrais pas ce soir et je voulais te faire sentir le parfum. Il n'y en a presque plus mais l'odeur est... incroyable.
Elle déboucha le flacon et le mit sous le nez du garçon.
– Hein, ça sent le fauve?
Wolf pensa : ça sent le loup, la tanière du loup, le poil du loup. Lou remit le flacon dans sa poche

et, sans attendre que Wolf acceptât les conditions du marché, elle lui raconta ce qui était arrivé à son ancêtre, Camille de Saint-Gérand, qu'une feuille de buvard imprégnée de parfum avait préservé des balles. Elle racontait. Il écoutait. Ils avaient mis toute la nuit entre le village et eux.
– C'est comme ça que Camille de Saint-Gérand a épousé Lou Le Lyonnais, conclut Lou de Saint-Gérand.
Wolf aurait voulu faire un compliment et dire qu'ils avaient eu bien raison de se marier puisque Lou était leur descendante. Mais en même temps, il pensait à Morgan et il était oppressé.
– Il y a des gens qui essaient d'empoisonner les loups, dit-il sans aucun à-propos.
– Et c'est grave ? demanda Lou, agacée.
– C'est grave pour les loups. Et pour moi.
Alors, Wolf se souvint du marché et lentement, péniblement, il essaya d'expliquer pourquoi les loups l'attiraient :
– L'homme a inventé la peur du loup. Le Petit Chaperon rouge, la Bête du Gévaudan... Avec sa tête en triangle, ses yeux jaunes, le loup, c'est comme le Diable. Tu as peur du loup. J'avais peur... On fait peur pour pouvoir détester. On déteste pour pouvoir tuer. On a tué les loups par

milliers, par dizaines de milliers. Le dernier loup, il est mort en France en 1930. Et maintenant, le loup revient, il montre le bout de son nez et tout le monde crie : « Au loup ! Au loup ! » On veut sa peau. Le loup, c'est le juif du monde animal.

Lou ne le vit pas mais, en prononçant ces mots, le jeune Allemand rougit brusquement. Puis il s'accroupit et tendit la main vers l'ombre.

— Viens, frère loup, dit-il.

Il se redressa et il eut peur que Lou se moquât de lui, encore une fois.

— Peut-être que c'est pas bien expliqué, bredouilla-t-il.

Ses yeux inquiets implorèrent de Lou un peu d'indulgence.

— Si, c'est... c'est... Oh, il est déjà neuf heures !

Elle venait de consulter le cadran lumineux de sa montre.

— Il faut que je prévienne mon père que je serai un peu en retard.

D'une autre poche de son anorak, elle sortit un minuscule téléphone.

— Allô, papa ? Dis, commencez le dîner sans moi. Je prends l'apéritif chez Wolf.

Elle se dépêcha de couper la communication en commentant :
– Il est furax !
Ils se remirent en marche du même pas. Lou avait fini par comprendre que son compagnon ne faisait pas une promenade apéritive. Il avait un but. Il se rendait quelque part.
– Mais où on va ? dit-elle.
– Parler aux loups.
– Ils sont là ?
– Pas très loin.
Lou voulut crâner et elle fredonna : « Promenons-nous dans les bois pendant que le loup y est pas... »
– Et tu crois vraiment que les loups ne mangent pas les hommes ? s'informa-t-elle quand même.
– Aucun risque. D'ailleurs, tu ne les verras pas. Même s'ils sont là, tout près, ils ne se montreront pas. Tu ne les verras pas. Mais peut-être... tu les entendras.
Il s'arrêta. Ils étaient arrivés en haut d'une pente. Il n'y avait plus rien que le ciel devant eux et des montagnes arrondissant le dos à l'horizon. Alors Wolf toussota, se racla la gorge et émit quelques gémissements comme en poussent les chiots

apeurés. Puis il rejeta la tête à l'arrière et poussa un « awou ! » lugubre.
– Qu'est-ce qui te prend ?
Lou s'était reculée, surprise. Mais Wolf mit ses mains en porte-voix et il recommença sa plainte répercutée par les montagnes. Awouhhh ! Lou prit le parti de se moquer :
– C'est au programme des études de vétérinaire, ça ?
Dix fois, vingt fois, Wolf récidiva. C'était le chant des loups, merveilleusement imité. Tout d'un coup, alors que Wolf reprenait son souffle, un hurlement traversa la nuit. Un loup répondait. Sa clameur fut bientôt reprise par un autre loup. Leurs lamentations parurent se briser dans un sanglot, mais elles rebondirent l'instant d'après, plus haut, plus fort et à trois voix. Longtemps, les loups chantèrent en duo, en solo, en canon, avec des trémolos, des enrouements, des reprises. C'était magnifique. C'était terrifiant. Même Wolf qui avait déjà joué à ce jeu-là avec les loups était parcouru de frissons. Enfin le silence retomba tout d'un bloc, comme saisi par le froid.
– Je voulais leur souhaiter la bonne année, dit Wolf en s'excusant d'un sourire.

Il ne savait pas trop ce que Lou pensait de lui à présent. Qu'il était fou ?
– Tu veux rentrer ? ajouta-t-il, penaud.
– Pour faire quoi ? Regarder des filles avec des plumes dans le derrière qui dansent à la télé ? Manger un « 1er janvier 2000 » en pâte d'amande ? Pourquoi tu m'as amenée là ? Pour que tout me paraisse idiot après ?
Wolf crut qu'il lui avait gâché son réveillon, mais elle le rassura :
– C'est la plus belle nuit de ma vie. On marche ? J'ai froid...
Ils se remirent en marche. Puis, peu avant minuit, ce fut le drame.
La lampe-torche de Wolf éclaira une forme étrange en travers du chemin. Lou sursauta et agrippa le jeune homme par le bras.
– C'est quoi ?
C'était un animal.
– C'est une bête, non ? chuchota Lou.
Elle était couchée. L'angoisse se mit à battre à grands coups dans la poitrine de Wolf. Il avait compris. Il savait.
– C'est un loup, dit-il.
– Il ne bouge pas... Il... C'est pas dangereux ?

Ils continuaient d'avancer, mais à quelques pas de l'animal un grondement les arrêta.
– Il n'est pas mort, gémit Lou.
Wolf avait compris. Il savait.
– Il a été empoisonné.
Le loup était en train de mourir. « Non, Morgan, ce n'est pas toi », pensa Wolf.
– N'approche pas, supplia Lou.
– Il n'est plus dangereux, murmura Wolf, étranglé par l'émotion.
Ses yeux pleuraient tout seuls.
– Il n'a jamais été dangereux, dit-il en s'agenouillant près de lui.
Wolf avait vu le collier émetteur. Il pleurait. Tout ce qu'il avait eu de chagrins depuis qu'il était né, tout ce qu'il avait aimé, tout ce qu'il avait perdu lui revenait en plein cœur et il pleurait.
– Wolf...
Il releva la tête et vit les yeux de Lou tout près des siens. Elle aussi s'était agenouillée et le loup mourait entre eux deux.
– Le flacon, dit-elle.
– Qu'est-ce que tu veux faire ? s'étonna Wolf. Tu crois à cette histoire ?
Pour lui, c'était un conte de fées. Pas un instant il n'y avait cru. Lou déboucha le flacon. Wolf et

elle étaient maintenant front contre front, penchés au-dessus de la gueule du loup. « Wolf a forcé sur l'after-shave », songea Lou, étourdie par le parfum qui s'échappait du goulot. Elle retourna le flacon et les deux gouttes rouges du parfum glissèrent sur les babines du loup et se perdirent dans son poil.
– Il n'y en a plus maintenant, dit-elle.
Elle regrettait son geste.
– Je ne sais pas si j'ai bien fait.
– C'était gentil d'essayer.
Au même moment, la bête tressauta et Lou poussa un cri d'effroi. Wolf crut que c'était le dernier soubresaut du loup à l'agonie. Mais à son tour, il poussa un cri. Morgan se redressait ! Les deux jeunes gens se reculèrent en rampant. Morgan était debout, ferme sur ses pattes et la nuque raide, dans la posture du chef de meute qu'il serait bientôt. Il mit sa queue à la verticale pour indiquer à Wolf qu'il n'avait pas peur de lui. Ses yeux jaunes plongèrent dans ceux du jeune homme et ses babines se retroussèrent en découvrant les crocs.
– Morgan, supplia Wolf en tendant lentement la main vers lui.
Alors, frère Loup s'approcha et le bout de sa truffe

toucha le bout des doigts. Puis se retournant d'un bond, Morgan disparut dans la nuit.

Wolf se releva et aida Lou à se relever. Ils étaient douloureux et vacillants. Ils s'appuyèrent l'un à l'autre, dans cette pose qui leur devenait familière, front contre front. Leurs pensées tourbillonnaient. Morgan. Le parfum. Frère Loup. Ils venaient d'assister à un miracle, le dernier qu'ait donné le flacon. Le miracle du loup.

De la vallée monta alors la voix des cloches. Ensemble, ils comptèrent les coups. Neuf, dix, onze, douze. Le Temps tourne une page. 1er janvier 2000. Bonne année, frères humains!

– Bonne année, Wolf!

Ils s'embrassèrent sur les joues. Puis Wolf serra Lou dans ses bras et lui murmura à l'oreille :

– Pas sexy, hein?

– Et rancunier, en plus! plaisanta Lou.

Les cloches égrenèrent les douze coups une deuxième fois.

– Che t'aime, dit Wolf de sa jolie voix de rocaille.

– Ich liebe dich, répondit Lou, balbutiant ses premiers mots d'amour en allemand.

Quand même leurs baisers ne purent les réchauffer, Wolf et Lou songèrent à redescendre au village.

– Mon père doit être fou !
– Il va m'assommer ? s'inquiéta Wolf.
Ils repartirent en courant. Soudain, Lou s'arrêta.
– Le flacon !
– Quoi ?
– Mais je l'ai posé à côté... à côté du loup.
Ils revinrent sur leurs pas, ils cherchèrent, s'affolèrent, se disputèrent presque puis s'embrassèrent à nouveau.
– Tant pis pour le flacon, décida Lou. Papa sera furieux que je l'aie perdu, mais il faut y aller.
– Il va m'assommer, se résigna Wolf.
Main dans la main, ils descendirent le sentier en essayant de se consoler.
– De toute façon, dit Lou, le flacon est vide ! Il ne peut plus servir à rien.
Sans doute avaient-ils mal cherché ? Le flacon était là, à l'endroit où Lou l'avait posé. Il faisait dans la neige comme une tache de sang. Car il était plein, plein à ras bord de parfum. Et les deux jeunes gens s'éloignaient.
– Tu te rends compte, Wolf ? Premier jour de l'an, et je t'aime !

Épilogue

1ᵉʳ janvier 2000. Tout est nouveau et tout recommence. Ich liebe dich. Je t'aime. Les temps changent. Le cœur ne change pas. Ti amo. Te quiero. I love you. Le flacon est entier. Quelqu'un va le ramasser. On a deux mille ans pour s'aimer.

Dans la même collection

MICHEL AMELIN
La momie décapitée, N° 120

PASCAL BASSET-CHERCOT
Morgane, N° 140

HUBERT BEN KEMOUN
Un cadeau d'enfer, N° 113

PATRICIA BERREBY
ET CHRISTOPHE NICOLAS
L'emm@ileur, N° 155

BÉATRICE BOTTET
La fille du pirate, N° 149

JÉRÔME BOURGINE
L'œuf de cristal, N° 146

MARYSE CONDÉ
Rêves amers, N° 119

HORTENSE CORTEX
Garçon manqué, N° 122

JEAN-MARIE DEFOSSEZ
Aïninak, N° 145

MARIE-HÉLÈNE DELVAL
Les chats, N° 160
La dame rouge, N° 165

MARIE DESPLECHIN
Copie double, N° 101
Les confidences d'Ottilia, N° 117
Ma vie d'artiste, N° 138
Dis-moi tout!, N° 150

RÉGINE DETAMBEL
Écoute-moi!, N° 110
Jalouse, N° 142

D. DOYLE ET J. D. MACDONALD
Le cercle magique
Randal, l'apprenti sorcier, N° 151
Le secret de la tour, N° 154
Le pouvoir de la statuette, N° 157
Danger au palais, N° 158
Le château du sorcier, N° 163
La fille du grand roi, N° 166

IRINA DROZD
Un tueur à ma porte, N° 103
Le garçon qui se taisait, N° 107

MALIKA FERDJOUKH
La fille d'en face, N° 129

RENÉ FRÉGNI
La nuit de l'évasion, N° 118

ALAIN GERBER
Le roi du jazz, N° 127

LAURENCE GILLOT
Coup de foudre, N° 112

ALISON LESLIE GOLD
Mon amie Anne Frank, N° 164

JEAN-PAUL GOURÉVITCH
La vengeance des Barbares, N° 167

CHRISTIAN GRENIER
Je l'aime, un peu,
beaucoup..., N° 116

Le visiteur de l'an 2000, N° 130
Urgence, N° 143

Y. HASSAN ET R. HAUSFATER
L'ombre, N° 168

PAULA JACQUES
Samia la rebelle, N° 102

ALAIN KORKOS
Akouti-les-Yeux-Clairs, N° 139

MARTINE LAFFON
Fou du vent, N° 152

CHRISTOPHE LAMBERT
Le fils du gladiateur, N° 148

DANIÈLE LAUFER
L'été de mes treize ans, N° 126

THOMAS LECLERE
Mauvais garçons, N° 137

W. LEWIN ET M. MARGRAF
La troupe du loup
Le moine, N° 159
L'ami, N° 169
La sauvageonne, N° 170

CLAUDE MERLE
La révolte des barbares, N° 131
La déesse de la guerre, N° 132
Le sang de Rome, N° 133

CHRISTIAN DE MONTELLA
Reste avec moi, N° 114
L'équipe, N° 125

La fugitive, N° 135
Le dernier sprint, N° 144

MARIE-AUDE MURAIL
D'amour et de sang, N° 123
Jeu dangereux, N° 136
Dragon-mania, N° 156

KENNETH OPPEL
Silverwing, N° 162

BRIGITTE PESKINE
Mon grand petit frère, N° 111

GISÈLE PINEAU
Case mensonge, N° 153

FLORENCE REYNAUD
Maldonada, N° 115
Le traîneau d'Oloona, N° 121
Enfant de personne, N° 147

MARIE-SABINE ROGER
La saison des singes, N° 124

FRANÇOIS SAUTEREAU
Les kilos en trop, N° 134

BORIS SITRUK
Ma vie est une galère !, N° 128

BRIGITTE SMADJA
Ce n'est pas de ton âge !, N° 105

MARIE-AGNÈS VERMANDE-LHERM
Le carnet disparu, N° 141

CATHERINE ZARCATE
Le prince des apparences, N° 161

Tu as aimé ce roman...
Tu vas adorer

jeBOUQUiNE

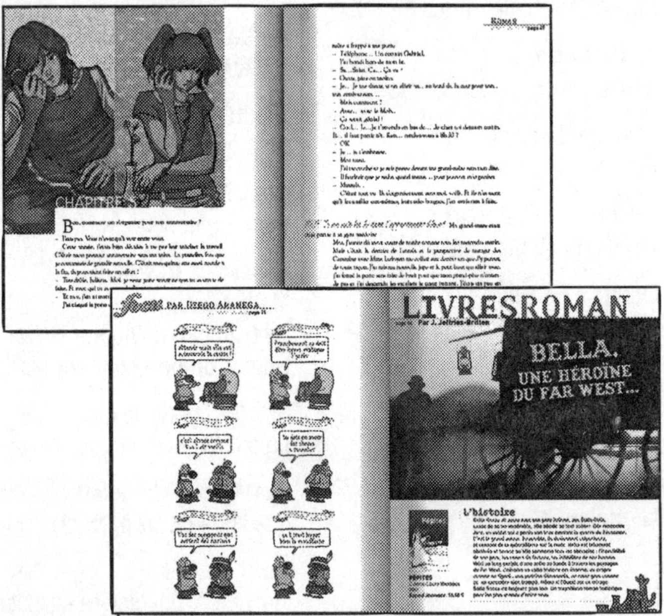

Je Bouquine, bien plus que de la lecture !

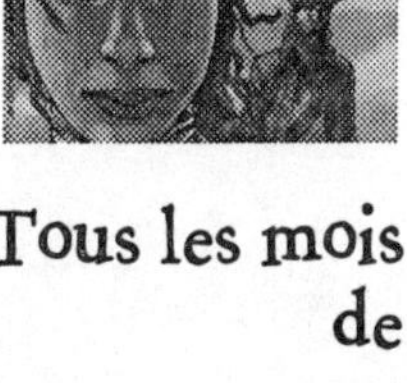

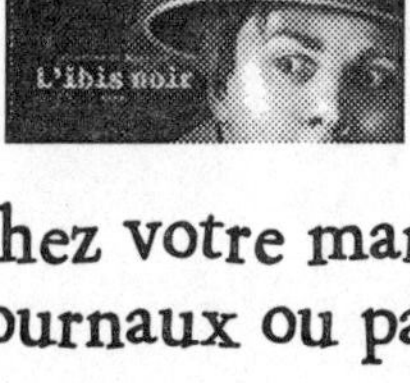

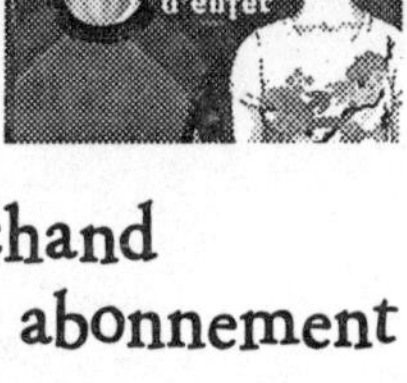

Tous les mois chez votre marchand
de journaux ou par abonnement

*Cet ouvrage a été mis en page
par DV Arts Graphiques à Chartres*

Impression réalisée sur CAMERON par

BRODARD & TAUPIN

GROUPE CPI

*La Flèche
en décembre 2005*

Imprimé en France
N° d'impression : 33104